经典探案故事

最后的致意

［英］柯南道尔　著

叁壹　编译

陕西新华出版

太白文艺出版社·西安

图书在版编目（CIP）数据

最后的致意 /（英）柯南道尔（Conan Doyle, A.）著
; 叁壹编译. -- 西安：太白文艺出版社，2011.7（2024.5重印）
（经典探案故事）
ISBN 978-7-5513-0021-6

Ⅰ. ①最… Ⅱ. ①柯… ②叁… Ⅲ. ①侦探小说—英
国—现代 Ⅳ. ①I561.45

中国版本图书馆CIP数据核字(2011)第150736号

最后的致意
ZUIHOU DE ZHIYI

原　　著	[英]柯南道尔 (Conan Doyle, A.)
编　　译	叁　壹
责任编辑	荆红娟　李丹　张晨蕾
封面设计	佳图堂设计工坊
版式设计	刘兴福
出版发行	太白文艺出版社
经　　销	新华书店
印　　刷	三河市嵩川印刷有限公司
开　　本	700mm×960mm　1/16
字　　数	160千字
印　　张	12
版　　次	2011年7月第1版
印　　次	2024年5月第4次印刷
书　　号	ISBN 978-7-5513-0021-6
定　　价	46.80元

前　言

《语文课程标准》明确提出："培养学生广泛的阅读兴趣，扩大阅读面，增加阅读量；提倡少做题，多读书，好读书，读好书，读整本书。"

由于青少年受到知识、阅历以及阅读欣赏爱好的限制，他们对于读物的选择往往倾向于趣味性、故事性。因此，历险、科幻、探案类读物在多次中小学生阅读情况调查中，都被大多数青少年列为自己最感兴趣、最爱看的图书之一。

历险、科幻、探案类故事有着极其曲折的故事情节，极其丰富的想象力，因此，对青少年有着十分强烈的吸引力。阅读此类读物中的经典作品，可以极大地提升青少年的勇气与智慧，培养他们正直、勇敢和坚强的良好品德。

例如，英国作家柯南·道尔所著、风靡世界一百多年的"福尔摩斯探案"系列作品，故事曲折、情节紧凑，既不血腥，又很有趣，十分适合青少年阅读；而主人公福尔摩斯具有正义、坚强、机智的品德和敏锐的观察力、准确的判断力、严谨的分析和逻辑推理能力，备受青少年推崇，成为各个时代、各个国家青少年心目中不朽的英雄。

同样具有广泛影响力，被翻译成多国文字出版，受到世界各地读者热烈欢迎的法国著名作家儒勒·凡尔纳的系列科幻、历险作品，则将探险和科学完美地结合起来，书中不仅有曲折动人的故事情节，还包含大量各类学科的知识，犹如一本百科全书，令读者爱不释手。凡尔纳在他的作品中，不遗余力地歌颂了人类在科学领域孜孜不倦的探索精神和临危不惧、百折不挠、患难与共的高尚品质。

而美国作家马克·吐温的许多青少年题材作品，则更符合少年儿童的阅读口味。这些作品多以儿童为主角，以对比的手法描述了儿童世界与成人世界对待财富、宗教等事物态度上的区别，从儿童本位的价值观出发，肯定和赞美了孩子的生命活力和天真纯洁的本质，并从儿童的视角，抨击了自私、残忍、冷酷等人性的丑恶面，歌颂了勤劳、勇敢、正直等优秀的品德，对青少年有很大的教育和启迪意义。

青少年是国家和民族的未来。一本好书就像一盏明灯，会照亮他们将来的人生道路。经典文学作品中包含着人类长期思考所积淀下来的精神文明的精髓，承载着作家的道德品质和道德理想，是人类文化的宝库。青少年正处在一个认识世界、了解人生的关键阶段，这些历经时间考验的经典作品可以帮助青少年建立正确的世界观、人生观、价值观，可以丰富他们的人生经验，充实他们的课外生活，犹如最好的导师和朋友，伴随他们一同成长。

目　录

威斯特里亚寓所

1892 年 3 月底的一天，寒风萧萧，我们正在吃午饭，忽然有一份福尔摩斯的电报来了，他随便地给别人回了电，然后站到一个火炉旁边，一句话也没有说，只是不停地看那份电报。他吸着烟，板着脸孔，一副沉思的样子，好像有什么事。他突然回过头看着我，眼中的神色怪怪的。

"华生先生，我认为，我们必须要把你当作一位作家来看待，"他神秘地说，"你能告诉我'怪诞'这个词是什么意思吗?"

"奇异、特别。"我说道。

他摇摇头，否定了我的解释。

"这个词语一定还有许多意义，"他说道，"凄凉和恐惧也是它所包含的一个意义。另外，'怪诞'这个词如果更深入地理解，还有犯罪的意思，这从你那些不断给人们带去痛苦的文章中可以体现出来。还记得'红发会'那件事吧，开始就可以用'怪诞'这个词语来形容，但到了后来却是勇敢的冒险——我们面对的竟是一场抢劫。还有，'五个橘核'的那件事情，也是非常怪诞，但到后来又平白无故地引起一场人命惨案。因此，我常常警惕着'怪诞'这个词语。"

"这个词语是不是出现在电报中?"我问道。

他将那份电报念了一遍，而且非常大声。

现在遇到一件难以相信的怪诞事件。能否给予指导?

斯考特·艾克尔斯

查林十字街邮局

1

"先生还是女士？"我问道。

"肯定是先生。女士怎么会拍这个先付回电钱的电报呢？如果是女士，她早就亲自过来了。"

"你认识他吗？"

"亲爱的华生先生，从我们将理塞斯上校关押之后，你明白我增添了多少烦恼吗？我的脑子就像一台运转不息的引擎，由于没有与它所要制造的工件连在一起，它都快要散成碎片了。生活像一杯白开水，报刊也成了无用的废纸，这个罪恶的世界也许已经失去了雄心壮志与浪漫的情怀。像这样下去，你应该知道我可否打算去探讨其他的新东西，无论到了后来它是怎样渺小。但是此刻，我有一个感觉，我们的当事人正向我们走来。"

有节奏的走路声在楼梯上响起。没过多久，一个长着花白胡子、全身肌肉，又高又大，让人看了有几分敬畏的人被领到了我们的房里。他一生的经历从他悲伤的脸和孤傲的神态中可以看出来。他应是一个保守党人、教士、不坏的公民、正正规规的顽固派和保守派，从他大大的金丝边眼镜和破旧的鞋罩可以看出来。不过，从他直竖起来的头发、带有不悦的红脸、慌张且激动的表情中，可以看出他原有的沉寂已被一种惊骇的事情搅乱了。他马上直截了当地说起他遇到的烦恼事。

"福尔摩斯先生，我遇到了一件十分离奇而极不愉快的事，"他说，"这样的事情我活这么大还从来没有遇到过。这真是太不像话，太让人无法忍受了。我诚心地请求你对此做一些合理的说明。"他气愤至极地说。

"斯考特·艾克尔斯先生，你先请坐下来，"福尔摩斯语调关切地说道，"在此之前，我能不能问一下，你来找我的目的到底是什么？"

"哦，福尔摩斯先生，我认为，此事与警察并没有什么关系，但是，等你将此事听了之后，你肯定不会反对我去插手管这件事。对于私人侦探，我一点兴趣也没有，但是，虽然这样，我却非常相信你……"

"原来是这样。但是，你怎么不早点到我这里来呢?"

"你这是什么意思?"

福尔摩斯瞧了瞧手表。

"现在是两点过十五分，"福尔摩斯说，"可是你在大约一个小时之前就发了电报。如果不是发现你是刚起床就碰到倒霉的事，仅凭你的这一身装束，我们谁也不会注意到你。"

他将没有梳理过的零乱头发用手理了一下，并把满是胡子的下巴摸了摸。

"福尔摩斯先生，你说得没错。我一点都没有想过要去梳头、洗脸、刮胡子。我只是想着快点离开那座房子。我到处寻找，询问了好长时间，房产管理员我也去找过。我想你也早就知道，他们告诉我加西亚先生的房租钱早已给清了，而且还说威斯特里亚寓所并没有什么异常的事发生。"

"停一下，停一下，斯考特·艾克尔斯先生，"福尔摩斯先生面带笑容地说，"你和我的朋友华生医生一样，他有一个非常不好的毛病，总是不把事情的重点在开始的时候就说出来，我希望你能仔细地想一想，将所发生的事情清清楚楚地告诉我，到底是什么事使你没有梳头、洗脸、刮胡子，连靴子都没穿好，衣服的扣子也没扣好，就匆匆忙忙地到这儿来请求帮助?"

我们的当事人梳理了一下他没有梳过的头发，摸了一下没有刮过的下巴。

"对不起，福尔摩斯先生，我现在这个样子真的很不好。但是我想不通，那样荒谬的事情会发生在我的生活中。现在我就把这件异常事情的详细经过告诉你。我敢保证，在你听完之后，对我现在的这个样子，你应该非常理解。"

不过，他才说了一个开头就无法再往下说了。一片喧闹声从外边传进来，门开了，是哈德森太太开的，随后还跟进了两个强壮的、警官样子的人。他们中间有一个就是我们都知道的苏格兰场的葛莱森警长，给人的感觉总是精力旺盛、精明能干，在处理他分内的事情上，他称得上是一个能手。他握了一下福尔摩斯的手，然后又介绍了他的同事，萨里警察厅的贝尼斯警长。

"我们俩一路跟踪了好长时间，没想到跟到了你这里，福尔摩斯先生。"他说完开始用那双锐利的大眼睛注视着刚刚来到我们这儿的那位先生，"利杰波汉公馆的约翰·斯考特·艾克尔斯先生就是你吧？"

"对，我就是。"

"今天，我们整个上午都在你身后。"

"如果没猜错的话，你们是凭着电报才跟上他的吧。"福尔摩斯先生说。

"的确是这样，福尔摩斯先生。我们到查林十字街的邮局查找到线索之后，紧跟到这里。"

"你们为何要跟踪我？你们到底有何目的？"

"对不起！斯考特·艾克尔斯先生，我们只是想让你提供一份供词，住在埃榭附近威斯特里亚寓所的阿洛依苏斯·加西亚先生在昨天被害，希望你能给我们提供一点线索。"

我们的当事人瞪着双眼，警觉起来，惊诧的脸上没有一丝血色。

"他被杀了？你是说已经死了？"

"没错，斯考特·艾克尔斯先生，他已经死啦。"

"那么死的原因是什么？是因为什么事故吗？"

"他是被别人谋杀的，假如说以前发生过谋杀案件的话。"

"噢！太可怕了！你该不是……你该不是认为我有嫌疑吧？"

"有你的一封信在被害人的衣袋中，我们从那封信中知道，你原本决定昨夜到他家里去。"

"是的。"

"噢，你昨晚是待在他家的，对吗？"

两位警长将公事记录本拿了出来。

"等等，葛莱森警长，"歇洛克·福尔摩斯说，"你们想得到的就是一份完整的供词，对吗？"

"不过，我有责任提醒你，斯考特·艾克尔斯先生，这份供词可作为控告你的证据。"

"你们进来时，艾克尔斯先生刚要把这件事的详细经过告诉我们。华生，给艾克尔斯先生拿一杯白兰地，这对他是有一定益处的。现在这儿多了两位听众，我希望你不要在意，艾克尔斯先生，接着往下说吧，不管有没有人打断你——像刚才那样。"

艾克尔斯先生一口喝完了那杯白兰地，脸上马上又有了红润的颜色。他在葛莱森警长的记录本上用怀疑和不解的目光扫了一下，接着就继续讲他那奇怪的经历。

"我是一个单身男子，由于爱好交际，与很多人都结为了朋友。他们中间有一个休业的酿酒商，名叫麦尔维尔，他在肯辛顿的阿伯玛尔大楼住。大约在几个星期之前，我应邀到他家吃饭，因此与一个名叫加西亚的小伙子认识了。同时，我也了解他与大使馆有一些来往，而且他本人是西班牙血统。他能讲一口流利的英语，是一个非常惹人喜爱的年轻人，也是我这辈子所见到的男子中最英俊、最潇洒的人。

"我和加西亚这个小伙子谈了好长时间，而且非常投机。他好像刚见到我时就对我有好感。所以在我与他相识以后，他总到我这儿找我。过了一段时间，有一天他邀请我去他那儿待几天。他就住在威斯特里亚寓所，也就是在埃榭和奥克斯肖特中间，在昨天夜晚我就到他家去了。

"他以前向我说过他家里的一些情况——在我没去之前。有一个西班牙人和他住在一起，那是一个对他非常忠心的佣人，给他料理家中的一切事务。这个佣人也会讲英语，所以成了他的管家。他还告诉我，家里有一位特别好的厨师，能做许多的菜，而且很好吃，是他在一次旅途中相识的，并且是一个混血儿。他还对我说过，他能在萨里的中心找到现在的住所是怎样的稀奇。对于这一点，我非常赞成，而且事实也验证了这一点，但是，和我想象的相比，它还要稀奇许多。

"他那儿离埃榭南面约两英里，我是驾着车去的。屋子非常大，在一条大路旁边，但是，是背对着大路的，在屋子的正面有一条非常弯曲的供车辆行驶的小道，小道两侧长着又高又绿的灌木丛。这本是一座新住宅，但是经历的时间太长，又没有修理，看上去非常破旧。当我的马车到达那儿时，我看到一扇又脏又破、好像经历了许多年风雨洗礼的大门。把车停在长满野草的小道上时，我有些迟疑，后悔来拜访这样一个我并不怎么了解的人。给我开门的，正好是他，他对我的到来表示热烈的欢迎。过了一会儿，他让一个脸黑黑的、表情有些忧愁的男用人领着我，佣人帮我拿着行李，把我带到了一间为我准备好的房间里。坐在这间房里让人有一种郁悒的感觉。我们吃饭的时候对面而坐。主人加西亚尽管竭力热情地招待我，可是奇怪的是他的精神总不能集中，说话时吞吞吐吐，前言不搭后语，有时甚至不知说什么好。他一会儿用嘴咬指甲，一会儿又用手敲打桌面。另外许多反常的行为，表现出他一定有什么心事。那次晚饭是我有生以来最难堪的一次，不仅菜难吃，而且服务也不好，还有那个不说一句话的佣人脸阴沉沉的。我可以这样对你说，那个夜晚，我真想找个借口回家去。

"我想到另外一件事，这或许与你们两位警长正在调查的事情有关。那时，我丝毫没有注意。在快吃完晚饭时，佣人给他递过一张小字条。当时，我看到，加西亚看了那张小字条后，好像比在那之前更加神情恍惚，更加让人感到不可理喻。他也没有强迫自己假装毫无心事地和我谈话，只是静静地坐在那儿想着什么，并不停地吸着烟。不过他并没告诉我那张小字条上写了一些什么。庆幸的是大约在十一点钟，我便休息了。没过多久，加西亚将头伸到我的房间里——那时我房间里一点亮光也没有——他问我有没有按叫人铃，我回答他没有。他向我道歉，说不应深夜过来影响我休息，还告诉我已接近一点钟。他离开后，我又继续睡觉，而且一直睡到天亮。

"我现在要告诉你们最奇怪的事情。当我睁开双眼时，太阳早已升起，看看时间，将近九点钟。我昨天几次跟他们说，让他们准时在八点钟叫我起床，真奇怪，他们怎么没叫我呢。我快速地从床上起来，按了一下叫人铃，喊着佣人，但却没人应声。我接着按了好几下，仍然没有人应声。我猜想一定是铃坏了。我满肚子怨气，将衣裳快速地穿好，迅速向楼下跑去，想让人给我送热水来。但当我来到楼下时，却没看到一个人，你们应该可以想到我当时吃惊的程度。我在客厅中大声地喊着，但没有人应声，我一间房一间房地找着，还是没有发现一个人。屋子的主人加西亚在前一天夜晚已告诉过我他睡觉的房间，所以我来到他的门外，敲了敲，可仍然没有动静。我打开他卧室的门，房里一个人也没有，奇怪的是床上也没有人睡过的痕迹。这所屋子里所有的人都离开了。那个外国主人，那个外国仆人，还有那个外国厨师，一夜之间都不翼而飞了！这就是我到威斯特里亚寓所拜访的最后一幕。"

歇洛克·福尔摩斯一边记录着这件奇怪的事情，一边不停地笑着，并搓着双手。

"你的遭遇真的是太罕见了，"他说道，"斯考特·艾克尔斯先生，能不能告诉我你后来又做了些什么？"

"我非常生气。起初我觉得我被一个荒谬的恶作剧给欺骗了。我将我的行李整理好，用力地关上门，拎起皮包就向埃榭走去。我知道这幢别墅是地产经纪商艾伦兄弟代理出租的之后，就直接去镇上找他们。这让我忽然想到，这件事绝不是一个简单的恶作剧，它真正的目的一定是为了逃租。现在正值三月底，交房租的日子就要到了。但是，这个理由似乎不够充分。管理人对我的提醒表示感谢，但是他对我说，加西亚的房租费早就提前交了。在那之后，我又来到城里，拜访西班牙大使馆，但他们根本就不知道有这样一个人。到了后来，我便去麦尔维尔家，因为我与加西亚的相识是在他家。但是，到那儿我才知道他比我还不了解加西亚先生。再之后，我接到你给我的回电，于是我就到你这儿来了。因为我早就知道，你是一个非常有本事的人。但是现在，警长先生，从你刚来时所说的一番话我知道，这件事接下去发生的一些悲剧应由你来叙说。我没有说一句假话，这我绝对可以向你保证，另外，我知道的都对你讲了，其他的关于加西亚被害的事，我真的是一点也不知道。我最大的希望就是尽自己所能帮助你们早日破案。"

"这我绝对相信，斯考特·艾克尔斯先生——这我绝对相信，"葛莱森警长用非常友善的口吻说着，"我可以告诉你，你所说的一切，与我们调查到的一切完全符合。例如，在晚饭时送去的那张便条。不过那张便条后来到底怎么了，你是否注意到了呢？"

"不错，这我都清楚地看见了。加西亚先把那便条弄成一团，随手掷到火炉中去了。"

"你对这有什么不同的见解吗？贝尼斯警长。"

这位红皮肤、浑身是肉的男子，是一个乡镇侦探。他那张大脸上的肉似乎要往下掉，挺难看的，庆幸的是他有一双大大的、能发出光亮的眼睛。不过他的两只眼睛好像在他满是皱纹的面孔和额头的后边藏着。他轻轻地笑了笑，将一张折叠过和变了色的小纸片从口袋中拿了出来。

"福尔摩斯先生，在炉子的外侧有一个炉栅。加西亚先生把这张便条扔到了炉栅外边。我从炉子的后边发现了这张没有烧掉的小纸片。"

福尔摩斯先生的脸上呈现出赞赏的表情。

"你能发现这样小的一个小纸团，肯定将那所房子里里外外看得非常仔细。"

"的确如此，福尔摩斯先生。我一向都是这样对待工作的。我能将纸片上的内容读一读吗？葛莱森先生？"

另外一位警长点头表示同意。

"字条是用普通的米色直纹纸写的，没盖水印。字条只有一张纸的四分之一那么大，是用短刃剪刀两下剪开的。有三次以上的折叠痕迹，用紫颜色的蜡封的口，还用一个光滑的椭圆形物件在蜡上匆忙压过，是写给威斯特里亚公寓的加西亚先生的。纸片的内容是：

"'绿色、白色，是我们自己的颜色。绿色开，白色关。主楼梯，第一个入口，右边第七，绿色粗呢。祝平安。D.'

"笔尖非常细，可以看出是一个女人写的。但是地址上的字却非常大，要么是换了一支笔写的，要么是换了一个人写的。你瞧。"

"这张字条很古怪，"福尔摩斯先生扫了一眼字条，"你真是一个了不起的警长，贝尼斯先生，你对这张字条分析的仔细程度让我感到钦佩。也许我还能对其中的某些细节增加一点，就是那个椭圆形的压封口的物件，毫无疑问是一颗平面的袖扣——其他的任何东西都不可能是这个形状。所剪的两刀距离虽很短，但你仍然可以清楚地看出，在两处剪开的地方，同样都有折叠痕迹。"

贝尼斯警长露出佩服的笑容。

"原来认为自己已分析得清清楚楚，没想到我仍然忽略了一些东西却不知道。"贝尼斯先生说道，"老实说，我只是想从这张小字条中找到一点点线索，并没去特别地重视它，不过这件事一定与一个女人有关。"

听到这样的一些谈话内容，斯考特·艾克尔斯先生坐在那儿开始有些神情紧张。

"非常高兴你能发现这张小字条，这样我所说的一切也都得到了证实，"斯考特·艾克尔斯先生说，"但是，我必须申明，对于加西亚先生及他家中所发生的一切事情，我仍不清楚。"

"对于加西亚先生，"葛莱森先生说，"这好说。他死后被别人发现。也就是在今天清晨，有人在奥克斯肖特的一块荒地上找到了他，那儿离他家大约有一英里的距离。他的脑袋被沙袋一类的东西打过，而且打得非常重，不只是受了点伤，简直是被打成了肉酱。那儿在四英里之内没有一户人家，非常偏僻、寂静。我们可以清楚地知道，别人对他行凶时，是趁他不注意在身后袭击的。凶手把他打死之后，还接着打了一段时间。这是一桩疯狂、残暴的杀人案，凶手没有留下一点点痕迹和一点点可供破案的疑点。"

"有抢劫的迹象没有？"

"没有任何抢劫的迹象。"

"这也过于残忍——残忍得让人毛骨悚然，"斯考特·艾克尔斯先生气愤地说道，"但是，这件事对于我也真的太不公平。加西亚先生半夜三更地出门，被别人残忍地杀害，但我与这却没有丝毫的关系，怎么就把我牵扯到这个凶案之中了呢？"

"艾克尔斯先生，这非常简单，"贝尼斯警长说道，"你写给他的信，被我们在他的口袋中发现，这也是唯一的线索。从信中我们知道了你晚上要待在他家里，而他正是在那天夜晚被杀害。被害人的姓名和地址，也是从那封信的信封上知道的。今天上午九点之后我们才到达他家，但却没有发现一个人。我马上告诉葛莱森先生，让他在伦敦到处找你，并立即仔细搜查威斯特里亚寓所。一段时间之后，我离开了那儿，在城里与葛莱森先生相遇，并一起到这儿来。"

"我觉得现在，"葛莱森先生边说边站了起来，"应该是公事公办的时候，和我们一起到警察局去一下吧，斯考特·艾克尔斯先生，我们要将你的供词记录下来。"

"没问题，我马上就去，但是，福尔摩斯先生，我依然聘请你做我的私人侦探，希望你可以尽全力，想出一切办法，把事情的真相搞清楚。"

歇洛克·福尔摩斯走过来注视着贝尼斯警长。

"贝尼斯先生，我和你一起破案，你不会有什么意见吧？"

"当然不会，先生，我还感到万分荣幸。"

"我发现你做事非常机智，非常有条理。请问，被害人被害的准确时间是什么时候，发现其他什么线索了吗？"

"那时正下着雨，他一定是在下雨之前遭到杀害的，而且一点钟之后他没有离开过那里。"

"但是，贝尼斯先生，这绝对是不可能的，"斯考特·艾克尔斯先生大声地说道，"我对他的声音非常熟悉。我可以保证，就在那时，他正在我的卧室中和我谈话。"

"这就怪了，不过也有可能。"福尔摩斯轻轻地笑着说道。

"你发现新的线索了吗？"葛莱森警长问道。

"这件案子从表面上看，非常简单，虽然它有些地方非常奇特。我一定要在深入调查一些情况之后，才可以大胆地说出我最终的见解。噢，还有，贝尼斯先生，在搜查屋子的过程中，你还找出其他可疑的东西没有？我是说除了那张小字条以外的东西。"

贝尼斯先生用一种怪异的眼神注视着斯考特·艾克尔斯先生。

"当然有，"贝尼斯先生说，"还有几个特别有趣的东西。但要等我回警察局把其他的事办完之后，我再告诉你，或许到时你又会对这些东西产生奇想的。"

"我完全听从吩咐，"福尔摩斯边按铃边说，"哈德森太太，把这几位先生送出去，并请你把这份电报给听差，让他快点发掉。叫他先付五先令的复电费。"

等客人们都走了以后，我们谁也没说话，只是静静地坐着。福尔摩斯先生一口接一口地抽着烟，他紧锁着眉头，但他那双锐利的眼睛仍然放射着光芒。他的头伸向前面，表现出他那种特有的全神贯注和专心致志。

"哦，华生，"福尔摩斯忽然扭过头问我，"你对这件案子有什么意见或者看法吗？"

"我认为斯考特·艾克尔斯先生在故弄玄虚，不过具体情况我还不清楚。"

"那么，他们是怎么行凶的呢？"

"噢，从和加西亚先生在一起的人都莫名其妙地失踪的情况看来，可以说，他们有合伙谋杀加西亚先生的嫌疑，然后又都逃走了。"

"这点可以说应该有一定的道理。但是，从表面上看，你不能否认，有一点非常奇怪——他的两个佣人为什么要在他来客人的晚上，才合伙谋杀他呢？在那个星期另外的几天里，总是他一个人在，他们完全能很轻易地就处理掉他。"

"那他们为什么要逃走呢？"

"是啊，他们为什么要逃走呢？这值得深究。还有一个非常关键的地方，就是加西亚的客人斯考特·艾克尔斯先生的那一段奇怪经历。现在，华生先生，想要完全弄清这些事情，不是常人的智力范围可以知道的。如果能做出一种解释，也能说明那张措辞奇怪的神秘便条，那么，就是把这种解释作为一种暂时的假设，也是有价值的。如果我们了解到的新情况与这场阴谋完全吻合，那么，我们的假设就可以逐渐成为结论了。"

"但是什么是我们的猜想呢？"

福尔摩斯躺在椅子上边，半合着双眼。

"亲爱的华生，你一定要知道，这绝对不是恶作剧。从事情的结果可以看出，里边的内幕非常复杂。这件事和斯考特·艾克尔斯被骗到威斯特里亚寓所有一定的关系。"

"大概是什么关系呢？"

"我们还是一件事连一件事地研究吧。从外部表现看，这个名叫加西亚的年轻人和斯考特·艾克尔斯俩偶然建立的情谊有许多值得怀疑的地方。而且增进友谊进展的人也是加西亚先生。就在他最初与艾克尔斯先生相识的那天，他就去拜访离他很远的艾克尔斯先生，并且交往得非常密切，后来又把艾克尔斯请到他家去。由此可见，他与艾克尔斯交往的目的到底是什么呢？艾克尔斯又给了他什么好处呢？我没发现艾克尔斯有什么特别的地方。他也不是十分机智——不会与一个聪明的拉丁族人非常投缘。可是，加西亚到底为何偏偏选艾克尔斯呢？他认识的人可不少。艾克尔斯有什么让他非常感兴趣呢？他有什么特别的品德吗？我说他不可能没有。他是一个典型的而且有脸面的英国人，如果在其他的英国人眼中，他绝对可以给别人留下深刻的印象，你刚才已亲眼所见，他所说的一切，两位警长都没有丝毫的怀疑，虽然他叙述得没有什么特色。"

"但是，他到底可以做什么证明呢？"

"照目前的情况看，他起不了什么作用，但是，假如换一种情景，他就大有作用。我对这件事的见解就是这样的。"

"我知道了，如此一来他便能证明他不在作案现场。"

"非常正确，华生先生，他为的是让人做他当时不在现场的证明。为了深入研究，我们可以假设威斯特里亚寓所的那一家人是在合伙计划着一个什么圈套。无论是什么企图，我们能设想他们计划在一点钟之前离开，他们还在钟表上动了手脚。也许有这种可能：艾克尔斯睡觉的时候，他们让他看到的时间提前。无论怎样讲，或许是加西亚先生到艾克尔斯先生的卧室告诉艾克尔斯先生快一点钟时，事实上可能还没到十二点钟。假如加西亚先生在他动了手脚的时间内做完他想做的一切事情，然后又回到他的卧室，这样，他就可以应付所有的控告。被告人从未出过屋子，在任何一个法庭上都可以从艾克尔斯先生那儿得到证实。这是在穷途末路时最好的证据。"

"非常正确，我明白了。但是，其他失踪的几个人，又该怎么说呢？"

"我还没有找到所有的证据，但是我相信无论什么难题都可以解决的。不过，仅仅就眼前这点资料去研究，是不够的。你已在无意识中将自己的假设掺杂到案子里面去了。"

"那封信又该如何解释呢？"

"信上写些什么？'绿色，白色，是我们的颜色。'给人的感觉像赛

13

马的事。'绿色开，白色关。'这明显是暗号。'主楼梯，第一个入口，右边第七，绿色粗呢。'这应该是见面的地方。我们有可能在处理完这件事之后遇上一个喜欢吃醋的男人。非常明显，这次的出行是相当危险的，要不然，她不可能说'祝平安'三个字。'D'——这可能是进门的暗示。"

"加西亚是西班牙人。我猜想'D'表示多洛蕾丝的意思，西班牙的女人常常用这样的名字。"

"不错，华生先生，太好了——但是太难成立。西班牙人应用西班牙文给西班牙人写信，但写这封信的人一定是英国人。算了吧，我们还是等一段时间吧，等那位能干的警长来找我们时再继续讨论。但是，我们在这几个小时内终于没有了那种难受的无聊和悠闲的感觉，这难道不是我们的幸运吗？我们应该感谢我们的好运。"

在萨里警长还没有回来的时候，福尔摩斯的电报就到了。福尔摩斯看完来电，准备将它放入记事本中时发现了脸上充满期待的我，便笑了笑，把回电递给我。

"我们困在了贵族圈子之中，"福尔摩斯说道。

回电上全是一些人的名字和地址：

丁格尔——哈林比爵士；奥克斯肖特塔楼——乔治·弗利奥特爵士；帕地普雷斯——治安官海尼斯·海尼斯先生；福顿赫尔——杰姆斯·巴克·威廉斯先生；海伊加布尔——亨德森先生；内特瓦尔斯林——约舒亚·斯通牧师。

"由此可见，这明显将我们的调查范围控制死了，"福尔摩斯说，"非常明了，机智聪明的贝尼斯警长早已计划好了，并在进行之中。"

"我有些不清楚。"

"噢，亲爱的华生先生，结论已被我们找出来了。在吃饭时，加西亚收到的那封信，应是一封约会或幽会的信。假如现在这么明了的解释没有错的话，为了赴约，加西亚先生必须爬到那个主楼梯上，并在走道上找那第七个房间的门。不用说，这个房子肯定非常大。另外非常清楚的是，从加西亚先生所去的那个方向，可以断定奥克斯肖特与那所房子的距离在一两英里之内。并且，由我们所分析的一些情况来看，加西亚原本打算准时在一点钟之前回到威斯特里亚寓所，由此来证明他不在现场。由于奥克斯肖特附近大房子没有几幢，我就采取了明显的办法，打电报给斯考特·艾克尔斯提到过的几个经理人。这封回电里就记载着他们的姓名。这堆乱麻的另一头，我敢肯定就在这些人当中。"

快到六点钟的时候，我们和贝尼斯警长一起来到埃榭漂亮的萨里村。

我和福尔摩斯在布尔吃过晚饭后找到了一个非常舒服的住所。然后，我们和贝尼斯警长一起去了威斯特里亚寓所。那时正值三月份的晚上，漆黑的夜，非常寒冷，空中还飘着冷冷的雨丝，我们从那片有些凄凉的空地上走过去，而且经过那个惨案的发生地，当时那儿给人的感觉也非常阴森、凄凉。

经过了几英里阴森且荒凉的空地，终于到达了一扇又高又大的木门前边。门里边有一条幽暗的林荫小道，两边种的是栗树。经过了这条幽暗的、曲曲折折的小道，我们来到了一座又低又小，而且非常黑暗的屋子前边，在灰暗的夜空的映衬下，更显得阴森恐怖。有一丝昏暗的灯光从大门左边的窗子中透了出来。

"那是一名警察在守夜班，"贝尼斯警长说，"我去敲敲窗户。"他走到草坪那边，用一只手轻轻地敲了敲窗户。从那扇不怎么清楚的窗户玻璃中，我模糊地看见从火炉旁边跳起来一个人，而且从屋子中传出一声叫喊声。没过多久，一个上气不接下气、脸上没有一点血色的警察打开了门，他拿着蜡烛的手不停地颤抖着。

"瓦尔特斯，你怎么啦？"贝尼斯严肃地问道。

瓦尔特斯用手绢在额头上擦了一下，深深地叹息了一声，也不怎么害怕了。

"警长先生，很高兴你能到这里来。今天晚上真的是太漫长，我想我的神经真不如以往了。"

"你的神经，瓦尔特斯？我真没有想到你的身体里还有神经。"

"哦，警长先生，我所讲的是这座寂寞的房子，和厨房中那个可怕的怪物。刚才你敲窗子时，我还想着是那个怪物又来了呢。"

"什么怪物到这儿来了？"

"警长先生，是鬼，我看见，就在窗子外边。"

"到底是什么在窗户外边，在什么时候？"

"大概在两个小时以前。那时天刚刚黑下来，我坐在凳子上看书。忽然，我抬头向窗户外边看去，一副非常可怕的面孔正向里边瞧。简直吓死我啦！警长先生，我真的无法形容那是一张怎样的脸！我想它会经常出现在我的梦中。"

"哎呀呀！瓦尔特斯先生，作为一名警官可不能说这样的话。"

"我明白，警长先生，我明白，但是它真的吓死我啦，警长先生，我否认也是没有用的。那副面孔形容不出它是什么颜色，不黑不白的，一种特别古怪的颜色，似乎是泥土在牛奶中浸过一样。还有那脸形，差不多是一般人脸的两倍大，警长先生。它的那副模样，真的如一只饿狼一般，一双眼睛大得出奇，眼珠似乎要掉下来，牙齿又白又长伸到嘴外边。警长先生，我可以告诉你，我简直吓呆了，连手指也不敢动一下，甚至也不敢呼吸，一直到这个东西突然走开，并消失不见。我跑到外面，穿过灌木林，但谢天谢地，那儿什么东西也没有。"

"瓦尔特斯先生，假若不是我了解你不是个坏人，就凭今天这点，我就能给你记一次黑点。就算真的碰到鬼，作为一个守夜的警察也绝对不可以害怕它，你竟连碰它一下也不敢，就只知道谢天谢地。我想这不应是一种神经的幻觉或错觉吧？"

"不，那不是错觉，"福尔摩斯边说，边点亮他那只精致的小灯。"没错，"他快速地查看地面以后说道，"我推测，这人穿的是十二号鞋。而且一定是个又高又大的人，这从脚的大小可以看出来。"

"他往哪个方向去了?"

"他好像经过灌木林向大路奔过去了。"

"就这样吧，"那个警长似乎在思考着什么，严厉地说道，"无论他是什么人，无论他要做何事，此刻他已不在这里了，我们还是做我们该做的、更重要的事吧。福尔摩斯先生，假如你愿意，我将领你一起查看一下这座房子。"

他们非常细心地查看了每个房间和卧室，但没有看见任何疑点。很明显，每个旅客的行李都非常少，有些甚至没带任何东西。他们一切东西都是一起租用的——房子、家具、细小的物品。那些遗留的衣裳上都标有海霍耳本的马克斯公司的商标。从电报中查问知道，马克斯只知道他的顾客从不拖欠，至于其他的他一点也不知道。另外还有一些小物品，几本书，几个烟嘴，其中有两本书是西班牙文的。一支左轮手枪，是老式的，在私人的财物中间，还有一把旧吉他。

"这个房间里没有什么疑点，"贝尼斯警长说，他拿着一截蜡烛，大步地从这个屋子中走了出去，进入了另外一个房间，"我希望你现在到厨房里去看一看，福尔摩斯先生。"

厨房在这所房子的后边，非常昏暗、潮湿，只是天花板非常高。那个厨师的床就在厨房的一个角落里，是用干草铺着的。许多盛有剩菜的盘子和不干净的餐具堆了一桌子，上边还放着头一天晚上吃剩的许多饭和菜。

"快看这里，"贝尼斯警长说，"这是什么东西?你瞧。"

贝尼斯警长高举着蜡烛，发现橱柜后边有一个非常奇怪的物品，那个物品早就变了形，说不清它究竟是何物。我检查的时候，开头还以为是个经过处理的干瘪的黑人小孩，接着再一看，又像一个扭曲变形的古代猴子。到后来我也未搞清楚究竟是动物还是人。两串白色的贝壳挂在他的脖子上，一直吊到胸前。

"太有趣了——确实太有趣了!"福尔摩斯说道,并盯着那个怪东西看着,"发现其他的什么没有?"

贝尼斯警长没有说话,将我们领到洗东西的水槽前边。并把蜡烛伸向那儿,只见一只白色大鸟羽翅和身体被撕得到处都是,那儿还有满满一盆羽毛。福尔摩斯发现了那只鸟头上的一块肉,用手指了指。

"太有意思了!是一只白公鸡,这件案子太奇怪了。"

可是,贝尼斯警长把"最有趣"的东西放到了最后边。他把一只铝制的桶,从洗东西的水槽下拉出来,里边是一满桶血。他又将一个盘子从桌子上拿过来,里边有一些烧焦的细小骨头。

"某种东西被杀了,某种东西又被烧了。这所有的东西都是我们从火中找出来的。就在今天一早,我就找来一位医生,让他检验这些东西,他说这些东西都不是人体上的。"

福尔摩斯轻轻地笑了笑,搓了搓他的手。

"贝尼斯警长,我应该向你祝贺,你办理了一件这样奇怪的、充满教益的案件。你的才能好像早就超过了你的机遇,希望我这样说你不会介意。"

贝尼斯警长高兴极了,两只不大的眼睛都眯成了一条缝。

"你说得没错,福尔摩斯先生。我们在工作上还有许多不足的地方。类似这样的案件能把机遇带给别人,但愿我不会错过这个机遇。对这些骨头,你有什么见解吗?"

"我认为可能是一只小羊羔,或者是一只小山羊。"

"但是,白公鸡又如何解释呢?"

"太奇怪,贝尼斯先生,真的太奇怪。可以告诉你,我从未见过。"

"不错,福尔摩斯先生。绝对是一些非常古怪的人住在这所房子里,还有非常古怪的生活方式。他们之中已死了一个。会是另外的一个在后边将他谋害死的吗?假若如此,他早就被我们抓住了,因为每个港口都有人守着。但是,我自己还有其他的见解。确实,福尔摩斯先生,我自己的观点迥然不同。"

"这么说你早就想好主意了?"

"我想独自解决,福尔摩斯先生。我是为了我自己的声誉才这样做的。现在别人都知道你的名字,我也要让别人都知道我的名字。假如今后我可以说,我是自己独立完成的破案任务,我就心满意足了。"

福尔摩斯大声地笑了起来。

"算啦,算啦,贝尼斯警长,"福尔摩斯说道,"你走你的,我过我的。不过,假如你想要我的成果,我随时都可以给你。在这所屋子里,我觉得,想见的东西,现在都见到了。还是把时间留给其他的地方吧,那样或许会更有用些。再会啦,亲爱的警长先生,但愿你有好运!"

福尔摩斯此时正在急切地寻找一条线索,这我能从他许多细微的神态中看出来,这种神态,只有我可以注意到,其他人是不可能的。也许在一个不留意的旁观者眼中,福尔摩斯与以往没有什么区别,还是那样冷漠,可是,他极力控制着的热望和绷紧的神经,从他那两只锐利的眼睛和敏捷的动作中可以体现出来,我绝对相信,他正在思索策略。他有他的习惯——一声也不吭;我有我的脾气——一句也不问。可以与他一道破这个案子,只愿我能为这个案子的侦破做出一点我的贡献,但也不需要经常插嘴影响他的注意力,我已满足于这些。等到一定的时候,他自然会注意我的。

因此,我等待着——但是,我渐渐地失望了,时间一天天过去,我的朋友毫无进展。有一天上午,他没有回家,是在城里待着的,我偶然了解到,他是去大英博物馆了。除了这次外出之外,其他的时候他经常用整天整天的时间一个人到处散步,或者就与一个村子里那些喜欢说长道短的人聊天,他尽力地去和这些人来往和结识。

"我的伙伴,我坚信在农村待一个星期对你是非常有益的,"福尔摩斯说,"能再次看看篱笆上新长的小芽和开花的榛树,那是一件特别高兴的事。带上一本初级植物学的书,一只小铁盒子和一把小锄,便能够过上一段非常有趣的日子。"

福尔摩斯自己拿着这些东西到处找寻,但是拿回家的只是几棵又矮又小的小树苗之类的东西,不过这些在傍晚时就能采到。有时我们也会与贝尼斯警长相遇,当然是在散步、闲聊时。当他与福尔摩斯说话时,他那张红红的、满脸是肉的脸上被笑容堆满了,那两只不大的眼睛依然放射着光芒。他对案子的进展谈得并不多,偶尔也谈及一点点,不过他对这些也比较满意。可是我不能否认,在惨案发生的五天之后,我被晨报中的一个大字标题震撼住了:

奥克斯肖特谜案揭破

听到我念出的标题,福尔摩斯像被什么扎了一下似的,一下子从凳子上蹦了起来。"天啊!"他大声喊着,"难道说凶手已被贝尼斯捕获了吗?"

"有可能是这样。"接着,我就把那则报道读了一遍。

"昨天深夜的时候,有消息报道,奥克斯肖特惨案的有关凶手已经被捕,当时,埃榭及那附近地方的人们都非常震惊。人们不会忘记,威斯特里亚寓所的加西亚先生被害于奥克斯肖特的一片荒地上,身体上还有惨不忍睹的伤痕,他家的佣人和厨师也都在那天夜间消失,很明显他们与这次的惨案有关。有人说过死去的加西亚先生也许有些什么贵重物品隐藏在寓所之中,别人谋杀他,也许就因为他的贵重物品,但这些一直都未找到确切的证据。在此案的主要负责人——贝尼斯警长的密切查寻下,终于查清了凶手的藏身之处。他有足够的证据可以说明凶手并没有逃走,而是隐匿在案发之前就准备好的某个窝中。不过绝对能够说,他们终究会落入法网,以前曾在窗子外边看见过厨师的一两个商人可以作证,那位厨师长着一副十分奇怪的面孔,身材又高又大,是一个混血儿,拥有明显的黑种人的浅黄色面孔,样子十分可怕。

在惨案发生之后,他竟敢唐突地回到威斯特里亚寓所,从而被人发现,而且在那天晚上,瓦尔特斯警官也看见了,还追踪了他一段时间。

贝尼斯警长推测，这个人一定是带着什么企图来的，因此推断他也许还会来，所以，贝尼斯警长放弃了对寓所的查寻，而在灌木丛中潜藏起来。这个人果然中计。就在昨天晚上，在一场惊心动魄的搏斗之后，终于将他抓获，唐宁警官在搏斗中还受了伤。我们明白，罪犯被带到地方法官那儿去之前，将关押在警察局候审。将这个人抓到之后，这个案件就会有非常大的进展。"

"我们必须立刻到贝尼斯警长那儿去，"福尔摩斯先生大声地说道，并戴上他的帽子，"我们可以在他离开之前赶到他那儿。"我们匆匆忙忙地赶到村子外边的那条路上，与我们推测的一样，警长贝尼斯正准备从他的住处走出来。

"福尔摩斯先生，这份报纸你该看到了吧?"他一边问一边递给我们一份报纸。

"对呀，贝尼斯警长，我刚刚看过。我想给你一点点善意的忠告，但愿你不会介意。"

"什么忠告? 福尔摩斯侦探!"

"对于这桩惨案，我曾经多方面地探讨过。在你没有掌握充足的证据之前，我希望你不要盲目地去做，因为对于你所走的路，我很难确定它是正确的。"

"福尔摩斯先生，多谢你的劝诫!"

"我绝对是为你着想的，我可以向你保证。"

我好像看到贝尼斯先生的两只小眼睛中的一只像眨眼睛那样抖动了一下。

"福尔摩斯先生，我们早就协商好的，咱们互不相干，各干各的，我现在正是如此干的。"

"噢，这非常好，"福尔摩斯说，"请你不要介意。"

"别这样说嘛，福尔摩斯先生，我知道你是为我着想。但是，各人的做事方式不同，先生。你有你的做事方式，我也有我的做事方式。"

"好啦，对于这个问题，我们就不用多说了。"

"任何时候我都欢迎你使用我的情报。捕获的那个家伙简直就是一个野人，他像一匹拉车的马一样强壮，像一个恶魔一样凶残。捕获他的时候，唐宁警官的一个大拇指险些被他咬掉。他不会讲一句英语，除了咕咕哝哝之外，从他那里我们什么都没有得到。"

"你可以找到他谋杀加西亚先生的证据吗？"

"我没有这样说，福尔摩斯先生，我并没有这样说。我们有我们的小诀窍。你试你的，我试我的，这是早就说定了的。"

福尔摩斯无奈地耸了耸肩，我们便一块离开了那儿。

"这个人我似乎有些看不清。他就像骑在一匹瞎马上到处瞎撞一样。算了，就按他讲的去做，各自做各自的，看到底鹿死谁手。但是，我真的不明白贝尼斯警长身上的有些东西。"

我和歇洛克·福尔摩斯回到布尔的住所后，他对我说："你坐在那个凳子上，华生。我想告诉你一些事情，也许，今天夜晚，我想让你帮助我。我要告诉你现在稍微有一些眉目的案情。尽管案情的主要特征并不特别，可是怎样侦破却非常难。在许多不足的地方，我们必须去补充。

"加西亚先生被害的当天夜晚收到的那封信，现在我们该仔细地回想一下。贝尼斯有关加西亚邀请斯考特·艾克尔斯去做客的事情，我们可以把它作为加西亚想找一个人作为他不在作案现场的证人。在那天夜晚，加西亚果然开始行动，并且明显不是好事。他在做坏事的时候自己也丢了命。很明显，当一个人心中有邪恶的念头时，他才会产生制造他不在作案现场的想法。但是，到底是谁谋杀了他呢？

"我们现在能谈谈加西亚家里其他人消失的缘由了。他们全是一伙的，都与我们还未搞明白的案情有联系。假如加西亚所有的事情都在他计划的时间内干完。这样的话，他的证人——艾克尔斯先生就会让他不会有丝毫的可疑之处，他也不会遇到任何的麻烦。不过，这一行为是相当不安全的。假如在计划的时间内，加西亚仍未返回那儿也许就是他出问题了。所以，情况应该是这样的：如果真的出了问题，他的两个同伴就会在他事发之前准备好的地点藏起来，以免遭到查寻，也为事发之后能接着去做提供方便。这就是事情的所有过程，对不对？

"千头万绪的事情现在已找出了一点点头绪。可我不明白的是，现在与以前没有什么区别，为什么在这以前我就没想到呢？"

"可是，那个佣人为何还要返回呢？"我问。

"我们只能这样推测，他在逃离时或许太慌张，把什么他最看重的、非常宝贵的物品忘了拿走。从这也可以看出他性格的固执，是吗？"

"噢，接下去该是什么呢？"

"接下去该说说在吃饭时，加西亚接到的那封信。从这封信可以知道，在暗处还有他的一个同谋。可是，这个暗处到底在什么地方呢？我曾和你讲过，它只可以在什么地方的一个大房子中，不过，这儿的大房子非常少。刚到村子里来的几天，我四处走了走，边探讨我的植物学，边在空余时间里，拜访全部的大房子。并了解房子中的家庭情况。但让我特别关注的只有一家大房子，也是仅有的一家。那儿距奥克斯肖特河的另一端仅一英里远，与发生惨案的地方还不足半英里远，这就是雅各宾老庄园，在海伊加布尔非常有名。至于其余大住宅的主人都谈不上有什么离奇的生活，他们都是一些平凡人，令人感到可敬。可是，住在海伊加布尔的亨德森先生却是一个非常怪异的人，他身上或许就可以出现许许多多罕见的怪异事情。所以我特别关注亨德森先生及他的家庭成员。

"华生，他们家全是怪人，但最古怪的就是亨德森自己。我去拜访他时，找到了一个非常好的理由。但是，我真正的目的，他却非常明白，这我从他那两只幽深、锐利、凝思的眼中可以知道。他的年龄在五十岁左右，头发呈银灰色，眉毛非常浓，并且两个眉头长到了一起，成了一条直线。他身体壮实且灵活，走动时像小鹿一样轻快，有国王一般的风度，他是一个残忍霸道的男人。他热烈的情怀，隐藏在他那如羊皮纸一样的面孔后边。他的肌肤又黄又干，而且像马裤一样坚韧，我猜想，他或者不是本国人，或者以前在热带地区待过很长时间。亨德森先生的朋友兼秘书卢卡斯先生绝对不是本国人，他的肌肤呈棕色，有如猫一样机灵，又有如猫一样的文静、优雅。他待人既刻薄又懂礼貌。华生，你瞧，我们已和两派外国人有联系——威斯特里亚寓所一派，海伊加布尔一派。因此，我们可以联合我们曾经的两个缺口。

"他们全家的重点就是那两位密友。但是，对我们有直接作用的，是另外一个非常关键的人物。亨德森有两个女儿，大女儿十三岁，小女儿十一岁。亨德森给她俩请了一位家庭教师，是一个英国女人，名叫伯内特，大约四十岁左右。另外还有一个忠实的男佣。这个家庭就是由这样的几个人组成，而且他们总是一起到各个地方旅游。亨德森先生就是一个典型的旅游家，他一年中一大半的时间都用于旅行。他是在前几个星期才从别的地方回到海伊加布尔的，而且这次的旅行长达一年，也就是说他一年没在家中。另外，我还要告诉你的是，他特别富有。所以只要他需要什么便能轻易地得到。还有一些其他的情况，就是在他家中经常有许许多多的管事、听差、女佣，和英国农村宅邸里的那些只会吃喝玩乐，而不会做事的人。

"对于以上的这些事情，有的是我亲眼所见的，有的是与村民的闲聊中听来的。最重要的一个证人就是在那儿受苦受累还受气，最后被撵出来的佣人。能找到这样一个人，真的是我的运气。可是，就算有好运气，也得自己出去找，他不会自己送上门来。就像贝尼斯警长说的那样，我们各有各的想法。依照我的想法，海伊加布尔以前的花匠约翰·瓦纳被我找到了。他受不了他主人的残忍霸道，一气之下，辞职不干。另外，在那儿做工的许多佣人都和他差不多，他们都是对他们的主人又恨又怕。因此，我就可以从此处下手，探索这家人的秘密。

"真奇怪，华生！我还没觉得我已把所有的事情都搞明白，但是这确实是一个特别怪异的人。这所住宅的两侧都有厢房，佣人住在一侧，主人住在另一侧。而且这两侧之间一般没有来往，只是亨德森自己的仆人给全家人做饭。所有的物品都要送到那个规定的门旁边。这也就是他们之间的往来。家庭教师和那两个小女孩从不到屋外边去，最多只在花园中散散步。亨德森从未一个人去散过步，他走到哪儿，都让他那位皮肤很深的秘书陪着他。佣人中间有人传言道，亨德森先生对于某个东西非常恐惧。'他用灵魂在魔鬼那儿换来了钱，'瓦纳说道，'债主随时都可以杀死他。'他们究竟从什么地方来的，究竟是些什么人，没有一个人知道。只是他们的残忍霸道众所周知。凶暴的亨德森以前两次打人用了打狗的鞭子，如果不是他有那么多的钱作为赔款，他早就要受到法律的制裁了。

"华生，我们现在可以按照这个新的线索来分析一下情况。我们能做如此推测：这个怪异的家庭就是那封信的发源地，也许他们早就策划好了什么事情，命令加西亚去完成。那么，是谁写的信呢？应该是这所住宅中的一个人写的，而且应是个女人，这样，那位女家庭教师的可能性最大，其他的人不太可能。这个方面是我们所有推理的关键。不管怎么样，我们能将它作为一种猜想，看从它身上会发生怎样的结局。补充一句，开始时我以为这个案子里或许夹杂着情感的看法可以推翻了，这从伯内特小姐的年龄和性情中可以得到证实。

"假如是她写的信，那么，她应该是加西亚先生的朋友或同伴。当她知道加西亚先生被害的事实之后，她会做些什么事呢？假如加西亚先生做的是违法的事情，从而被谋杀，那伯内特小姐则会一字不透。不过，她会在心中对那些谋杀加西亚先生的人恨之入骨，甚至还会想尽办法为死者报仇雪恨。可不可以去会会她？找借口去会会她，当初我就是这样想的。但现在我觉得事情起了变化。从那天晚上惨案发生到现在，没有一个人见到过伯内特小姐，也就是自那天夜晚之后，伯内特小姐就消失了。她是否已经死了，或许，她与加西亚先生一样，被别人谋杀了？或许，她仅仅也是一个同谋的凶手？对于这一点，我们还得做深入的研究。

"华生，有一天你会感到这个案子的进展是非常难的。我们没有足够的证据，不可以申请搜查。假如我们将所有的猜想都交给地方法官，他们看了也许会说我们是在做白日梦。那个忽然消失的女教师并不能证明任何情况，谁都知道那是一个怪异的家庭，一个星期见不着某个人是很正常的事。但是现在她的生命也许非常不安全。我现在可以做的，就是把我的代理人瓦纳先生留在那所住宅中看守大门。我们不可以再这样拖下去。假如法律解决不了这件事，我们不得不自己临危作战。"

"你计划该如何去做？"

"伯内特小姐的卧室我知道，从外边一间房的房顶可以爬进去。我觉得早点下手为好，今夜我们就得去，看可不可以抓住这个离奇案件的关键。"

我可以肯定地说，事情并不那么简单。那幢充满杀气的老房子、古怪且恐怖的主人、在探索过程中的各种危险，还有我们被法律所限制的行事范围，这所有的一切，搅和在一块，大大降低了我的热情。可是，在福尔摩斯细心、冷静的推测中，有某种东西使得避开他提出的任何冒险而往后退缩是不可能的。我们十分清楚，只有如此才能侦破事实真相。我不再说什么，用力地握了握福尔摩斯的手。事情已到了这个地步，是不可以再退缩的。

可是，我们进展的结果却是那样奇怪，那样让人无法想象。大概在五点钟左右，天渐渐暗下来时，一个农民样的男人匆匆忙忙地跑到我们这儿。

"福尔摩斯先生，那些人都离开了。他们是乘最后一趟列车离开的。那个女教师逃了出来，我将她安置在楼下的那辆马车中。"

"瓦纳，你做得真好！"福尔摩斯喊道，并兴奋地跳了起来，"华生，一切都快水落石出了。"

马车中蹲着一个精神颓废的女人，她神情恍惚，那张瘦瘦的没有一点颜色的脸上，还有最新的伤痕。她的头耷拉在胸前。发觉有人来，她慢慢地扬起了头，看着我们的眼睛没有一点点光泽，这时，我发觉她服过鸦片，因为她的瞳仁已变成了浅灰色，眼睛中还有两个小黑点。

"福尔摩斯先生，我按你的指示一直守在大门旁边。"我们的代理人瓦纳先生，也就是亨德森曾经的花匠说道，"马车一离开，我就跟在后边，一直跟到车站。她似乎头脑不清，像患有梦游症一样，可是，就在她被他们拉上火车时，她一下子清醒了过来，用尽全身的力气挣扎，她被他们拖入了车厢，她又跑了出来。于是，我趁此机会，把她拉到了一辆马车中，然后就带到了这里。我永远都会记得我拉她逃走时，车厢窗户中的那副面孔。当时如被他抓住，我绝对死在他的手上——那个眼放寒光、气势汹汹的黄脸恶魔。"

她在我们的搀扶下来到楼上，我们把她放在沙发上平躺着。喝过两杯浓咖啡后，她清醒多了。贝尼斯在福尔摩斯的邀请之下，也来了。见到眼前的一切，他立刻就知道了是怎么回事。

"哦，福尔摩斯先生，我所要寻找的证人被你找到啦，"贝尼斯紧紧地握着福尔摩斯的手，热忱地说道，"从最初行事开始，我和你查寻的线索就是一样的。"

"你说什么？你的目标也是亨德森？"

"对！福尔摩斯先生，当时，你在海伊加布尔的那片树林中探索时，我正在庄园里的一棵大树上往下看着你。关键是到底谁可以先找到证人。"

"可是，你为何将那个混血儿逮捕呢？"

贝尼斯笑了笑，脸上充满了满足的表情。

"我敢说，那个名为亨德森的男人早就知道别人在怀疑他，而且一旦他感到自己处境不安全，他马上便会藏起来，哪儿都不去。我是故意将人抓错的，就是为了给他一个错觉——我们已不注意他。我早就明白，他也许会逃走，由此一来，我们就有机会找伯内特女士。"

福尔摩斯将手在贝尼斯的肩头拍了拍。

"你有才华，机灵、敏捷，相信你会成为一名出色的警官的。"福尔摩斯说。

贝尼斯警长高兴极了，脸上堆满了笑容。

"一个星期以来，我吩咐一名便衣警察一直坚守在车站。海伊加布尔家人的一切行踪，都在我们的眼中。不过，就在伯内特女士逃跑时，便衣一时觉得很为难，不知道该怎么做才好。不过无论说什么也是多余的啦，她是被你的人找到的，而且没遇到什么麻烦。现在我们要做的就是从她那里得到一份口供，不然我们无法抓到凶手，这点应该是非常明了的。因此，我们必须尽快拿到她的供词。"

"她慢慢地好了起来，"福尔摩斯说道，并注视着伯内特女士，"贝尼斯警长，可以告诉我亨德森到底是怎样的一个人吗？"

"亨德森的原名叫唐·默里罗，"贝尼斯警长说，"他就是众所周知的圣佩德罗之虎。"

圣佩德罗之虎可是个了不起的人物。一提到他，我就想起了他所有的历程。往往一些暴君在治理国家时，都会用文明的牌子做幌子，唐·默里罗就是有名的荒淫、残忍的暴君。他身体魁梧，精力旺盛，对什么都不害怕。他非常残忍，用暴政将一个并不强大的民族整整统治了十一二年。在中美洲，人们只要一听到他的名字，就感到非常害怕。就在那时，后来的几年之中，为了反抗他的暴行，人们自发爆发了全民起义。但是，他不但凶残而且非常狡猾，一听到风吹草动，他就将他所有的钱财悄悄地搬到了一艘船上———一艘由他的忠心拥护者操作的船上。当起义军攻到王宫时，里边早已四壁皆空。这只狡猾的狐狸和他的两个女儿、一个秘书，带着那些钱财一起逃跑了。从那以后，这个世界上就没有了他的踪影。但是欧洲的报纸上经常有评论他的文章。

"没错，福尔摩斯先生，圣佩德罗之虎的名字就是唐·默里罗，"

贝尼斯警长说，"只要你稍微地调查一下，马上就会知道圣佩德罗的国旗就是由绿色和白色的图案组成的，与那封信上写的完全吻合，福尔摩斯先生。他改名为亨德森，可我查寻到了他的过去，他先从巴黎到罗马，再由罗马到巴塞罗那，抵达巴塞罗那时正是 1886 年。这么多年以来，人们都在四处寻找他报仇。但是，事隔这么多年，人们才找到他。"

"他们在一年以前就发现了他，"伯内特女士说。她坐了起来，专心地聆听他们的讲话。"一次，他差点就死了，但是他却被某种邪恶的东西给保护着。现在，又是一样，高贵而勇武的加西亚倒下去了，而那个魔鬼却安然无事。还会有人前仆后继，直到终有一日正义得到伸张。这一点是必然的，正如明天的太阳将会升起一样。"她心中充满了仇恨，一双又瘦又小的手捏得紧紧的，她那张原本就没有一点颜色的脸，此时白得像纸一样。

"可是，伯内特女士，你怎么与这件事有牵连呢？"福尔摩斯问道，"这桩惨案是不该和一位英国女士有关系的。"

"我是自愿让自己陷到里边去的，因为这个世上找不到可以主持正义的方法。许多年以前，圣佩德罗遍地是鲜血，但英国的法律却没有起到丝毫的作用。国家的钱财被人用船偷偷地运走，英国政府又做了些什么呢？也许对你们而言，这也许只是发生在别的星球上的事。可是，我们却明了，我们生活的真谛是在悲哀和苦难中得到的。对我们而言，只有在地狱中才可以脱离唐·默里罗的魔掌。只要他活着一天，人们就不断地呼喊着要杀死他，生活也不可能得到安宁。"

"我知道你对我讲的那个人是非常凶残的。但是，他是怎么残害你的呢？"福尔摩斯说道。

"我会全部告诉你的。这个坏蛋的手法就是以这种或那种借口，把凡是有可能成为他的危险对手的人都杀掉。忘了告诉你，我的丈夫是驻伦敦的圣佩德罗公使，我的原名为维克多·都郎太太。我和我丈夫是在伦敦相识的，而且在那儿结婚。他的品德非常高尚，可以说这个世界上像他那样的人并不多。糟糕的是，他的高尚品质被唐·默里罗知道了，所以他找理由让我丈夫进宫去，并杀死了我的丈夫。我丈夫早就感觉到了他会遭到不幸，因此没让我一同前往。他所有的钱财也被国家没收，留下的只是一点还不能维持生活的钱和一颗痛不欲生的心。

"直到一天，那个魔鬼垮台，也就是你刚刚所讲的那些，他逃之夭夭。但是，许多人的生命被他毁了，这些人的亲友在他的手里受尽折磨后死去，他们是不会就此罢休的。人们成立了一个组织，只要不杀死他，这个组织绝不会解散。当我知道那个恶魔改头换面为亨德森之后，我的职责便是进入他的家庭，以使别人了解他的行踪。我要保住在他家里当女教师的位置，才能做到这一点。他怎么也不会想到，他曾经迅速地杀死的那个男人的妻子，就是每餐饭都要在他眼前出现的那个女人。面对他时，我总是强装笑颜，并认真地教他的女儿们学习，等着机会的出现。在巴黎时，曾有一次机会，但没有成功。为了摆脱跟踪我们的人，我们不得不东跑西窜，整个欧洲都走遍了，后来他一抵达英国，就住在他第一次来英国时就买下的一所房子里。

"但是，这里也有警察守候着。从前圣佩德罗最高神职官员有一个儿子——就是加西亚。加西亚知道默里罗要去那儿居住后，他就在那儿租了所宅子住下来，并带去两位没有地位却非常忠实的朋友一起居住。仇恨的火焰在他们三人胸中燃烧着。白天时，加西亚没有机会下手，因为默里罗非常小心，防备甚严，当没有他的贴身护卫卢卡斯在身边时，他绝对不会出门——在他还是暴君时那个人名叫洛佩斯。不过在夜晚，他是一个人睡觉，想杀他的人就有机会。在一天傍晚，按照以前的计划，我给加西亚传递了最后的信息，因为那个恶魔随时都小心防备着，他所睡的房间从不固定。我要留心使全部屋子的门都开着，并在向着大路的那扇窗口亮起绿光或白光，当作暗号，意思是畅通无阻或有些不利，等会儿再进行。

"不过，从开始就非常不顺。我被秘书洛佩斯怀疑。我刚把信写完时，他趁我不备，从身后偷偷地向我袭击。他和默里罗把我拖到我的房间，给了我一个女叛徒的罪名。假如他们杀人之后有办法逍遥法外，他们也许当时就一刀杀死我了。后来，他们商量，都觉得将我杀死对他们太不利。不过，他们商定将加西亚杀掉。我的嘴巴被他们死死地堵住，胳膊被默里罗用力地扭着，直到我把地址交给了他们，才把我放开。我发誓，我如果知道这对加西亚意味着什么，那么，他们可能早就把我的胳膊扭断了。洛佩斯强制我写下地址，并用袖扣封口，递给佣人何塞送走。我只知道是默里罗亲手把他击倒的，因为洛佩斯仍留在那里守着我。我猜想，他肯定早就守候在金雀花树丛中，因为有一条曲曲折折的小路在那片树丛中。当加西亚走过那儿时，他就悄悄地从后边将加西亚打倒。最初，默里罗把加西亚带到屋子里，本来打算给他一个通缉夜盗的罪名，干掉他。可是，他们争论了一番。假如他们因此遭到追查，就马上会让别人知道他们的真实身份，从而就会引起更多的麻烦。只要干掉加西亚，就会使一切追踪都自动退去，因为这能使另外的一些人感到害怕，对他们不再有任何威胁。

"若是我不清楚这些恶魔的一切丑行，或许今天他们还会逍遥自在、无人知晓。可以说，我许多次接近死亡。他们把我关在屋子中，用最厉害的手段对付我、折磨我、摧残我，我的精神几乎崩溃——你们瞧瞧，我肩膀上的刀疤，还有手臂上数不清的伤痕。有一次，我试图叫喊，他把一件东西塞进我的口里。这种惨无人道的囚禁一直持续了五天，而且天天挨饿，几乎都活不下去。直到今天下午，他们给我送来了一份丰盛的午餐，当我吃过之后，才发现饭里边有毒。在迷迷糊糊中，我被人推上了一辆马车，过了一段时间之后，又莫名其妙地被拖上火车。当火车就要驶向前方时，我一下子清醒过来——自己的命运应由自己来把握。我奋力地向外跑，他们企图拉我回去。在一位善良的人帮助下，我才逃脱了他们的魔掌，被那个人扶上一辆马车，不然我不知是否可以活到现在。终于，我获得了自由，谢天谢地。"

31

她动情地叙说着她那一段悲惨经历，我们也都专心听着。最后福尔摩斯讲话了。

"我们还有许多难题需要解决，"他边说边摇着头，"现在我们完成了侦查任务，可是，重要的判决工作才刚刚开始。"

"是的，"我接着说，"一个口齿伶俐的律师能把这说成是他在自卫。在这种情景之下，他能接连不断地犯罪，但是，唯一可以成立罪名的只有这件案子。"

"好啦，太好啦，"贝尼斯警长兴奋地说，"我认为什么都比不上法律。自卫是自卫，但心怀敌意去杀人，就应另当别论，无论你担心会在什么时候遇到怎样的险情。算啦，算啦，我们所做的一切，到以后的吉尔福德巡回法庭上，见到海伊加布尔的那些房客就可以证实。"

可是，在圣佩德罗的制裁上，牵涉到历史问题，必须经过长一点的时间。默里罗及他的同谋都狡猾且胆大妄为，他们悄悄地躲进了一个寓所——在埃德蒙顿大街，后来又从后边的门溜了出去，在柯松广场终于摆脱了追踪他的人。从此以后，在英国就没有见过他们的踪迹。大概六个月之后，在马德里的艾斯库里饭店里，蒙塔尔法侯爵与他的秘书理利先生在他们的房间里被人谋害。有人说这件命案是无政府主义者所为，可是凶手一直未捕获。贝尼斯警长前往贝克大街来探望我们，并将侯爵及他的秘书的复印图像都拿了过来——秘书是一张炭黑的脸，默里罗则是面孔老成，浓浓的线眉，眉下边的那双眼睛闪出锐利的光芒，极富魅力。没有什么可以怀疑，虽然拖了这么长时间，但正义终于得以伸张。

"华生，这桩案子非常复杂，"傍晚时，福尔摩斯先生边吸着烟斗边说道，"绝不可以轻易地把它想得太简单。它牵涉两个洲和两伙离奇的人，还有我们一向肃然起敬的朋友——斯考特·艾克尔斯的到来，使案子更加错综复杂，他提供的线索使我们知道被害人加西亚非常有智谋，有良好的自卫本领。结果是了不起的，我们和这位可嘉的警长合作，在千头万绪的疑点中抓住了要害，终于得以沿着那条弯弯曲曲的小径前进。你还有哪个地方不太明白吗？"

"那个混血儿厨师回来又有什么目的呢？"

"我认为，你所有不明白的问题从厨房的那些古怪的东西中都可以明白。那个厨师是圣佩德罗古老的森林中的土著。那个怪东西是他的神物。当他和他的同伴逃到预定的撤退地点时——已经有人在那里，无疑是他的同伴——他的朋友曾经劝说过他，叫他把这样一件易受牵连的东西丢掉。但是，那个东西对于这个厨师太重要。所以在过了一天的晚上，他忍不住地又返回去了。可就在他向那扇窗子里看的时候，被正在值班的瓦尔特斯警官发现。等到三天之后，也许是因为对神的虔诚或者说迷信吧，他又去了一次。以前机智的贝尼斯警长在我这里曾把此案看得非常简单，可是现在也知道了案子的复杂，因此设置了一个圈套，让那个家伙自投罗网。还有其他问题吗，华生？"

"如何解释那个充满怪异的厨房中，那些古怪的东西呢？比如说那只撕成碎片的鸟、那满满的一桶血、烤焦了的骨头？"

福尔摩斯边轻轻地笑着边翻开他记事本中的一页。

"我在大英博物馆中整整待了一个上午，研读了这一点和其他一些疑点。下边是艾克曼著的一本名叫《伏都教和黑宗教》书中的一段文字：

虔诚的伏都教信徒，必须先向那些并不高尚的神供奉祭品之后，才可以做其他的事情。有些时候，甚至有杀人祭奠的仪式，不过平常的祭品都是一只活生生的大白公鸡，黑的也行，将其撕成一块一块的，并把喉咙割开，其他身体部分烧掉。

"因此你瞧，在仪式方面，我们的野人朋友全都是按规矩做的。这真是怪诞，华生，"福尔摩斯又说了一句，并轻轻地将记事本合上，"可是，怪诞和恐怖之间几乎只有一步距离，我这样的说法绝对是有事实可证明的。"

硬纸盒之谜

为体现我的伙伴福尔摩斯先生超人的智慧，我在挑选案例时，总是尽力选那些看起来简单而事实上复杂、可以体现他聪明才智的案例。下面我将要对读者讲述的就是一个离奇而又惊心动魄的故事。

故事发生在八月里，那天非常炎热，贝克街似乎就是一个燃着火的大炉子。太阳照射在街那边一幢黄色砖头的屋子上，反射出耀眼的光芒。叫人难以置信的是，同样是这些砖墙在冬天却隐约出现在朦胧的迷雾之中。我们的百叶窗已放下一半，福尔摩斯蜷缩在沙发里，拿着早班邮差送来的信件一看再看。至于我自己呢，我曾在印度工作过，练就了一身怕冷不怕热的功夫，即使华氏 90 度的气温也受得了。但晨报索然寡味。议院已经散会。每个人都出城去了，我也渴望去新森林的林间空地或是南海海滨，但银行存款已无分文，我只得把假日延迟。至于我的同伴，不管是乡村还是海边，都丝毫不能吸引他。他喜爱躺在五百万人的中心，把他的触角伸到他们中间，敏锐地探索需要侦破的每一个谣传和疑点。他的天赋虽高，却不懂得欣赏自然。只有当他将注意力从城镇的坏东西转向乡村的地痞恶棍时，他才到乡间去换换空气。

发现福尔摩斯聚精会神，不想交谈，我便把索然无味的报纸扔在一边，躺在椅子上沉思默想起来。突然，我同伴的声音打断了我的思绪。

"你是对的，华生，"他说，"它看起来是一种最荒谬的解决争议的办法。"

"最荒谬？"我惊叫道，接着我就突然意识到他说出了我内心想要说的话。我在椅子上直起身子来，用惊诧的目光凝视着他。

"这是怎么回事，福尔摩斯？"我叫道，"这真是出乎我的意料。"看到我迷惑不解，他会心地笑了。

"你记不记得，"他说，"不久前，我给你读过爱伦·坡的一篇短文中的一段，里面有一个人把他同伴没有说出来的想法全部推断出来，你当时认为，这不过是作者的一种巧妙手法。我说我也常有同样的推理习惯，你听过之后却表示不相信。"

"呵，哪里会呢！"

"或许你口里没有这样讲，亲爱的华生，但你的眉毛肯定是这样说的。所以，当我看到你扔下报纸陷入沉思的时候，我很高兴有机会可以对此加以推理，并且最终打断你的思绪，以证明我对你的关注。"

但我仍是不太满足。"你给我读的那一个例子，"我说，"那个推理者得出的结论，是从观察他同伴的举动那里来的。如果我没有记错的话，他的同伴被一堆石头绊了一跤，举头望着星星，如此等等。但我一直静静地坐在椅子里，这又能给你提供什么线索呢？"

"你可真是冤枉你自己了。面部表情是人们用来表达感情的方式，而你的面部表情正是你诚实的仆人。"

"你的意思是说，你从我的面部表情读出了我思想的轨迹。"

"是的，你的面部表情，特别是你的那双眼睛。你是如何陷入沉思的，或许你自己也回想不起来了吧？"

"是的，我想不起来了。"

"那么，我来告诉你。你扔下报纸，你的这个动作引起了我对你的注意，你坐了半分钟，没有任何表情。接着，你的目光落在你最近配上镜框的戈登将军的相片上，我从你的面部表情的变化上看出你开始思考了，但没有信马由缰走得太远。你的目光又转到放在你书上的那张还没有来得及配镜框的亨利·沃德·比切尔的相片上面。后来，你又抬头望着墙壁，你的意思当然是很明显的。你当时在想，这张照片如果装进相框，那就正好能盖上墙上的空白，并和那边戈登的照片相对称。"

"你对我的观察真是细致入微！"我惊异地说。

"至此，我几乎还没看偏。不过，你当时的思路又回到比切尔那里去了。你一直尽力盯着他，似乎在琢磨他的相貌特征。然后，你的眼神松弛了，但你却继续在凝望，满脸是沉思的表情。你在回想比切尔一生中的事情。我非常清楚，这样你就一定会想到内战期间，比切尔代表北方所承担的使命，因为我记得，你认为我们的民众对他态度粗暴，对此你表示过强烈的不满。你对这件事的感受是如此强烈，因而我知道，你一想到比切尔也就会想到这些。一会儿后，我看见你的目光离开了相片，我猜想你的思路已经转到了内战上，当我观察到你闭着嘴唇，双眼闪闪发亮，双手紧紧握着时，我断定你是在回想那场生死搏斗中双方所表现出来的英雄气概。但是，接下来，你的脸色又变得阴沉黯淡了，你摇了摇头。你在思忖悲哀、恐怖和无谓的牺牲。你的手伸向身上的旧伤疤，嘴角颤动着露出一丝笑意，这向我表明，你的思想已为这种荒谬可笑的解决国际问题的方法所占据。在这点上，我赞同你的观点：那是愚蠢的。同时我又高兴地发现，我的全部推断都是正确的。"

"绝对正确！"我说，"现在，你已把它解释清楚了，可是，我承认，我还是和先前一样糊涂。"

"这确实是非常肤浅的，我亲爱的华生。假如不是你那天表示有些不相信，我是不会用这件事来分散你的注意力的。不过，我手里有一个小问题，要解决它，一定比我在思维解释方面的小尝试要困难得多。报上有一则报道，说克罗伊登十字大街的库欣小姐收到一只硬纸盒，里面装的物品出人意料，你注意到了没有？"

"没有。我什么也没见过。"

"哦，肯定是你没看到，喏，就在这儿，财经消息栏中，最好你能念出来。"

我将他扔过来的报纸拿起来，念着他指出的那段文字。题目为"恐怖的邮件"：

居住在十字街的苏珊·库欣小姐遭到一起恶作剧的伤害，但到现在为止，还没有查明发生这件事的真正原因。昨天午饭过后，大概两点钟，邮递员给她送来一个邮包，用棕色的纸包着。里边是一个硬纸盒，并装满了粗盐。拨开粗盐一看，库欣小姐吓得毛骨悚然，盒子里装的是两只人耳朵，很显然还是刚割下不久的。邮件上没署邮寄人的名字，只知道是在昨天早上从贝尔法斯特寄出的。更不可思议的是，库欣小姐虽然五十多岁，但她仍是孤身一人，并一直过着与世隔绝的生活，基本上没有亲朋好友，所以几乎也没有谁给她寄邮件之类的东西。许多年以前，她曾在彭基住过，而且把几间房间出租给了三个年龄并不大的医学院的学生居住。但后来她把他们撵走了，因为他们总静不下来，而且生活没有一点规律。警方怀疑很有可能是那三个年轻大学生对库欣小姐进行报复，他们也许想解当年的怨恨，才从解剖室中弄到两只耳朵邮给她，故意吓她。这三名大学生家住北爱尔兰，库欣小姐也没有忘记他们是贝尔法斯特人，所以这个推理应该可以成立。此时，警方也在迅速调查此事，最出色的警探之一雷斯垂德先生是这件案子的主要负责人。

我念完之后，福尔摩斯说道："我们现在该谈谈我们的朋友雷斯垂德了。就在今天早上他让人送给我一张便条，内容是：'我觉得你非常适合处理这桩案子。我非常想早日把这件案子调查清楚，但却不知该从哪儿下手。不过，我们早已通知了贝尔法斯特邮局，可是他们那天处理的邮件太多，对这个邮件一点印象也没有，也对寄这个邮件的人没有丝毫的印象。那个盒子是一只半磅装甘露烟草盒子，但这个对我们来说没有什么作用。对医学院那几个大学生的怀疑倒有些道理。你如果有空请到我这里来一下，我一定会非常高兴。今天我要么在警察局，要么在库欣小姐家。'华生，你有何意见？想不想顶着酷暑与我一起到克罗伊登去一趟，或许你的记事本又可以增加新的内容了。"

"我正愁无事可干呢。"

"太好啦！请你马上按一下铃，吩咐仆人将你我的靴子送上来，再备一辆马车。我该去换身衣服了。"

当我们坐在火车上的时候，天正下着小雨，因此当我们到达克罗伊登的时候，那儿比城里凉爽多了。在出发之前，福尔摩斯给雷斯垂德先生发了一份电报，因此我们一到站，他就在那儿等着我们。他和以前一样精明能干，一副优秀侦探的派头。大约五分钟之后，我们就来到了十字街，也就是库欣小姐居住的地方。

这条街道很长，两旁是两层楼的砖房，清洁而又整齐，房子前的石阶已被踏成白色，系着围裙的妇女正三五成群地坐在门口闲聊。走过半条街之后，雷斯垂德在一扇门前边停下来，轻轻地敲了敲门。一个女仆开门将我们带到前厅，那儿坐着一个相貌和善的妇女，她有一双大大的灰色眼睛，眼神非常温柔，额前垂着花白的卷发，她就是库欣小姐。一件没有绣完的沙发靠垫搁在她的膝盖上。旁边的一把小椅子上放着一只装满彩色丝线的篮子。

"那些可怕的东西在外面，"她见雷斯垂德进来便说道，"我请你将它们都拿走。"

"等福尔摩斯先生当着你的面看过后，我就把它拿走。"

"为何要在我面前看，警官先生？"

"因为他也许有些问题想问问你。"

"别问啦！问我也不起作用。我早就告诉过你，对于这件事我什么都不知道。"

"你说得没错，库欣小姐，"福尔摩斯用安慰的语气说道，"我知道你都快被这件事给烦死了。"

"的确是这样，先生。我是个喜欢安静的女人，况且我早就过着与世隔绝的生活，见到我的名字登在报纸上，警察来往于我家，这对我真是件稀奇事。我可不想将那些讨厌的东西拿到房子里边来，雷斯垂德警长。你们若是想看就到房子外边去看吧。"

在屋子后边的小花园中有一间小棚子。雷斯垂德先生将一个黄纸盒从里边拿了出来，一层棕色的纸包在盒子外边，另外，还有一节绳子。花园小径的末端有几把小椅子，我们便坐在上边，福尔摩斯就把雷斯垂德给他的每一样物品一个个作了仔细检查。

"这节绳子非常有趣，"他拿着绳子，在阳光下看着，并放在鼻子上嗅了嗅。"雷斯垂德先生，你仔细瞧瞧这节绳子。"

"用柏油涂过。"

"很对，这是一条用柏油涂过的绳子。你曾告诉过我，这条绳子是库欣小姐用剪刀剪断的，关于这点，从绳子的截断处可以看出来。而且相当重要。"

"我倒没觉得这有何重要的。"雷斯垂德说。

"这个打得非常别致的结，还没有改变原样。"

"打得非常好看，这点我早就看到了。"雷斯垂德沾沾自喜地说。

"就说到这吧。"福尔摩斯笑着说道，"现在你可以瞧瞧这包装纸。这是棕色的，有非常浓的咖啡味。你说什么？这一点你都不知道？再者这地址歪歪斜斜的：'S·库欣小姐，克罗伊登，十字街。'写字的笔非常粗，或许是 J 牌的笔。墨水也非常不好。克罗伊登的'伊'都写错了，原本写的'i'，然后又改为'y'。这份邮件应该是一个男子寄出的——笔迹非常有力——这个人文化程度比较低，克罗伊登相对他而言非常陌生。嗯，盒子是半磅装的甘露烟草盒，呈黄色，在盒子的下边有两个大拇指的印痕，除此之外没有任何可以看得见的印痕。盒中全是粗盐。是那种用来腌制皮革和劣质食品的粗盐，下边就是那些让人恐怖的东西。"

说完，他将那两只耳朵取出来，搁在膝盖上，细心地观察着。我和雷斯垂德分别站在福尔摩斯两边，半弯着身，一会儿看看这些恐怖的东西，一会儿又看看我们朋友那张沉思状的脸。后来，他将那两只耳朵又装进盒子中，坐在那儿发了一会儿愣。

"不过，你应该早就知道，"过了一段时间他说道，"这两只耳朵不是一对。"

"没错，我早就知道。可是假若是医学院的那些学生玩的恶作剧，将两只不是一对的耳朵当成一对寄过来并不是什么难办的事，而且非常简单！"

"非常正确，可是这并不是恶作剧。"

"你肯定事情是这样的吗？"

"你的那种想法，早被推理的结论给否定了。解剖室中的尸体都是经过了防腐处理的，但是这两只耳朵却没有经过这样的处理，而且这两只耳朵非常新鲜，割下它们的器具也相当钝。如果是医学院的学生做的，绝不会是这种情形。另外，懂医的人绝不会用粗盐防腐，而是用福尔马林或蒸馏酒精一类的东西。我再次申明，这绝对不是所谓的恶作剧，而是一件非常复杂的命案。"

听着我朋友的话，看看他越来越严肃的脸，我忍不住颤抖了一下。这段独特的开场白，让我觉得这个案子非常棘手。但是雷斯垂德先生却轻轻地摇了摇头，好像并不完全同意福尔摩斯的观点。

"对于恶作剧的推测的确有人不赞成，这是可以理解的，"雷斯垂德说道，"可是对其他的推测，有更多不同的看法。我们都知道，以前库欣小姐住在彭基时，日子一直都过得特别清静，后来到这儿来生活的二十年亦是如此。那个时候她基本不出门。罪犯究竟为何要将自己作案的证物寄给她呢？尤其是关于这件事，她和我们一样了解甚少。除非她就是一个出色的演员，一直都在演戏。"

"这就是问题的关键，"福尔摩斯回答道，"依我的想法，我先假定我的推测是正确的，有两个人被杀害，一个是女的，因为有一只耳朵非常纤巧，还有戴耳环的孔；另一个是男的，因为另外的一只耳朵非常地黑，显然是太阳晒的，也穿过耳环。不过我们没有听到关于他们任何的传闻，那么可以假定他们早就死了。今天是星期五，东西是星期四清早寄出的，由此可以知道惨案是在星期三或星期二发生的，也许还早一些。如果那两个人都遭到杀害，把犯罪的物证寄给库欣小姐的就只有杀人凶手了，其他的人是不可能的！现在我们暂且把这个寄东西的人假设为我们要找的人。但他绝对有充足的理由将那些东西寄给库欣小姐。到底是何缘由呢？一定是想让她知道他已做了某件事，或者是想让她伤心吧。但是假如真的如此，做这件事的人，库欣小姐就肯定知道。可是她真的知道吗？对此我非常怀疑。如果她知道那个人，那么她早应把耳朵藏起来，不让别人知道这件事。我的意思是，如果她想掩护凶手就一定会这样做；如果她没有掩护凶手的意思，她就会告诉我们一切，这就是问题的关键。"

他说话时的速度非常快，声音非常大，眼睛盯着花园的篱笆不知在想什么。说完，他轻捷地站了起来，并向屋里走去。

"我要问库欣小姐几个问题。"他说道。

"这样的话，你们暂时就待在这儿吧。"雷斯垂德说道，"我还有一点小事要处理，该问的我也都问完了。如果有什么事，请到警局来找我。"

"去火车站的路上，我们可以顺便到你那儿去。"福尔摩斯说。没过多久，我和他就来到了前厅，库欣小姐仍静静地坐在那里，专心地绣着她的沙发靠垫。见我们又回来了，她停止了手中的活，将沙发靠垫搁在她膝盖上边，她用带着疑问的眼神打量着我们。

"福尔摩斯先生，我想这一切可能只是一场误会。"库欣小姐说，"那些东西绝对不是邮给我的。我告诉过苏格兰场来的那位先生好多次了，但他总是一笑了之。在我的记忆中，我没有得罪任何人，不可能有人来捉弄我！"

"库欣小姐，我与你有相同的看法，"福尔摩斯边说边在她旁边坐下。"我觉得也许是……"他忽然停止了说话，我奇怪地向周围看了看，发现他正注视着库欣小姐的侧面，而且显得非常感兴趣，脸上流露出惊奇和满足。可是当库欣小姐由于他偶尔停止讲话而回过头想看个明白时，他马上又恢复了常态。我也专心地看着她那梳理得特别整齐的头发、精致的帽子、漂亮的金耳环和那张温和的脸，但我无论如何也不明白我的朋友为何那般激动。

"有那么一两个问题……"

"哦，天啊，你们把我问得烦死了。"库欣小姐非常生气地大声喊着。

"我敢肯定你还有两个妹妹吧。"

"你怎么知道的?"

"从壁炉上的一幅三位女士的合影上知道的，而且我刚进来时就看见了。那里边肯定有一个就是库欣小姐你啦，另外的两位与你像是一个模子里刻出来的，难道还有必要问有没有血缘关系吗?"

"确实如此，你所说的都非常正确，我是她俩的姐姐，她们的名字分别叫莎拉和玛丽。"

"我这有一张你妹妹和一个男子合拍的相片，是在利物浦拍的。从那个男子的服装可以知道，他是一名水手，而且是远洋轮上的。我还知道，那时你妹妹还未出嫁。"

"你对事物的观察真是非常仔细。"

"这是职业的需要。"

"确实如此，你说得一点没错。不过，几天之后，玛丽就和那个叫吉姆·布劳内的男人结婚了。他爱她简直爱得疯狂，以至于一段日子见不到她，就会难受得要死。因此，他在伦敦至利物浦的船上当了一名船员，以便能和她长时间厮守在一起。"

"噢，是'征服者'号吧?"

"不是，是'五朔节'号，我听别人都这么叫。吉姆来这里探望过我一回，是随船来的，那时，他正开始戒酒。但是后来，他一来到岸上就开始喝酒，并且只要喝一丁点酒他就会醉。唉，自从他又染上酒瘾之后，安宁的日子从此就消失了。开始，他断绝了与我的来往，然后又与莎拉吵嘴。现在连玛丽也不写信了，我们不知道他们的情况现在如何。"

非常明显，库欣小姐将她感受颇深的往事都告诉了我。她与许多的单身女子一样。起初都是非常不好意思，但过一段时间之后话就特别多。她告诉我们非常多有关她妹妹妹夫的事情，后来又转移话题，谈到她以前的房客，也就是医学院的三位大学生。她谈了好长时间，还将他们的姓名和就读学院的名称都告诉了福尔摩斯。福尔摩斯听得非常专心，并经常问一些问题。

"你那个名叫莎拉的妹妹，"福尔摩斯问，"你们都未结婚，为何不在一块生活呢？"

"唉，你不了解我妹妹的脾气！不然你决不会觉得奇怪。当初，我到克罗伊登时，想过和她住在一起，可两个月之后，我们怎么也合不来，只好分开。我不愿在别人面前对自己的亲妹妹说三道四，可是她的确什么都爱插一手，并且有时弄得让人非常难堪。"

"刚才，你曾说过她与你在利物浦的亲戚闹过别扭。"

"对呀。在有一段日子里，他们是形影不离的好伙伴，为了与他们更亲近些，她竟住到了利物浦。不过现在已不是这样，她对吉姆·布劳内没有一句好话。她在这里住的最后六个月里，除了说他喝酒和爱耍各种手段外不说别的。我想也许是布劳内觉得她太爱唠唠叨叨，而且从来不经过大脑就直截了当地说出来，因为这个原因，他们才开始闹别扭。"

"库欣小姐，非常感谢你，"福尔摩斯边说边轻轻地站起来，"我还没忘记，你刚刚说过你那个叫莎拉的妹妹在沃灵顿的新街居住吗？一件与你没有一点点关系的事把你牵扯了进去，我为你的遭遇感到非常难过。再会！"

我们走出门的时候，正好一辆马车从这里经过，福尔摩斯对车夫招呼了一声。

"这儿距沃灵顿有多远？"他问车夫。

"先生，只有大约一英里的路。"

"太好啦。华生，快上车吧，我们一定要抓住这个好机会。尽管这桩案子不复杂，可是还有一些非常有价值的细节需要说明。路过电报局时请停一下车，车夫。"

福尔摩斯到电报局发了一封简短的电报，然后，又回到马车上，并一直都靠在马车的座位上，阳光从车外射进来，他把帽子盖在脸上。在一所住宅前边，车夫停了下来，这所住宅与我们刚刚离开的那所简直是一模一样。我的朋友让车夫稍等一会儿，他跳下车，正准备敲门时，门却打开了。一位年纪不大的绅士站在门口，他穿着一件黑色的风衣，头上的帽子非常光亮，表情严肃。

"萨拉小姐生了非常严重的病，"他说，"从昨日开始，她的头就一直疼。作为她的私人医生，我建议你们还是不要见她为好，包括其他的任何人，要见也要等到十天之后。"说完这些，他戴上手套，关紧大门，迈着大步朝街头走去。

"噢，说不可以见那就不见吧！"福尔摩斯有几分得意地说。

"或许她还有不想说给你听的事。"

"我本来就没想过还能从她那里得到什么。我仅仅来拜访她一下而已。况且，我敢说我要的东西都有了。车夫，我们该吃午饭了，把我们带到一家高级一点的饭店去。过一会儿，再到警察局去探望一下我们的伙伴雷斯垂德先生。"

我们一块吃了一顿非常快乐的午饭。吃饭的时候，福尔摩斯不断地说着有关小提琴的话题，对于其他的却没说一个字。他异常兴奋地告诉我，他买那把斯特拉帝斯小提琴的过程。他还告诉我那把小提琴没有500 几尼买不来，但他仅仅用55 先令就买回来了。我们在饭店里待了一个小时，边喝着红葡萄酒，边听他谈着小提琴，谈着帕格尼尼，还有他自己的许多传闻。到达警察局时，刺眼的阳光已退去，这时已是傍晚了，等候我们到来的雷斯垂德先生早就站在门口了。

"有你一份电报，福尔摩斯先生。"雷斯垂德先生说道。

"哈哈！等的就是这个！"他立刻撕开电报，快速地看了一遍，过后又将电报揉成一堆，塞到衣袋中。"等的就是这个！"他又强调了一遍。

"你找到什么线索了吗？"

"我什么都调查清楚了！"

"你说什么？"雷斯垂德先生十分诧异地看着他，"别开玩笑了。"

"你看我何时这样认真过。这桩案子非常奇怪，但是我认为这件纷繁复杂的事情我都弄明白了。"

"那凶手是什么人？"

福尔摩斯抽出一张自己的名片，在后边写了几个字，顺手抛给了雷斯垂德。

"他的名字就在上边，"福尔摩斯说，"如果去捕获他，最早也要等到明天夜里。如果说到这桩案子，请你不要提到我，因为这桩案子太简单，不在我的侦查范围之内。我们该离开这里了，华生。"说完，我们迈着大步向车站走去。雷斯垂德仍站在那儿，兴奋地看着福尔摩斯抛给他的那张名片。

那天夜间，我和福尔摩斯正在贝克街的住所旁边抽着雪茄并闲聊着，歇洛克·福尔摩斯忽然说道："这桩案子与你在《血字的研究》和《四签名》中记录的那件案子有些相似，我们必须由结局倒过去找缘由。我已经给雷斯垂德写了一封信，让他给我们一份所需的详细案情记录。不过只有等他抓到罪犯以后，才可以得到那些细节情况。尽管他的推理能力不怎么样，但是像捕获犯人一类的事，他绝对能做好，他只要清楚应该做什么，他便会义无反顾地做下去，如一条猎犬般顽强。他在苏格兰场平步青云，也正是由于他这份执着的精神。"

"这么说，这桩案子还要继续下去啦？"

"差不多结束了。尽管对那个受害者我们还没有完全了解清楚，但是罪犯的名字我们已知道。我想你也猜出凶手是谁了吧。"

"我想那个在利物浦轮船上当船员的男人——吉姆·布劳内就是你怀疑的人吧?"

"不仅仅是怀疑。"

"但是我只发现了一些表面现象,其他的什么也不知道。"

"我与你恰恰相反,我什么都明白。还是告诉你我的推理过程吧:你应该没有忘记,当初我们开始负责这桩案子时,头脑里什么也没有。但这对案件的侦查非常有利,因为我们不会受到前边任何观点的影响。我们必须从零开始,细心地调查,并逐渐推出结论。最先进入我们眼帘的是什么? 一位小姐温柔可敬的脸,简直单纯得如一眼可见底的小溪;接着我看见墙上那张相片,因此知道这位小姐是姊妹三个。就在那时我一下子明白了,那只神秘的纸盒是要寄给她的某一个妹妹的。但是我仍然把这个想法放在一边,我既能否认它,也能肯定它,这都在于我。后来我们来到花园之中,见到了黄色纸盒中装着的那个奇怪的东西。

"系在盒子上的那条绳子是轮船上用来缝制风帆的绳子,而且还有一股非常浓的海水味。还有那个结,是水手们一贯打的那种。那只男子的耳朵上有戴耳环的孔,而海员一般都戴耳环;还有那个邮件是从港口寄出的,因此我敢断定这个案子中的男受害者肯定是一名海员。

"当我查看邮件地址的时候,我知道是要寄给 S·库欣小姐的。现在,她们三姐妹中的老大当然是库欣小姐。虽然她的缩写字母是 'S',但它同样也可以属于另外两个姐妹当中的一个。假如真的如此,我就必须按照新的线索开始新的调查。因此我又返回屋子里,决定澄清事实真相。在我正准备对库欣小姐说那个邮件是错寄给她的时候,我却一下子停住了,你应该没有忘记,因为我发现的事情让我异常惊讶,与此同时,我缩小了我的调查范围。

"作为一名医生,华生,你应该清楚耳朵是人身体各部位中变化最大的。任何一只耳朵都有它的特点,每个人的耳朵通常都与众不同。我去年在《人类学杂志》上还发表了两篇这方面的专题论文，你可以看一下。所以，我是用专家的眼光检查盒子中的两只耳朵的，而且记下了它们的特征。因此，当我看见库欣小姐的耳朵与我不久前仔细检查过的那只耳朵如此相似时，我真的感到异常吃惊。这一定不是巧合：耳郭一样长短、上耳垂曲线也是一样的宽窄、另外内软骨的旋圈也没有什么区别。这些最常见的特征都说明这是具有相同血缘关系的耳朵。

"不可否认，我立刻想到了这是一条非常重要的线索，它表明死者和库欣小姐一定有血缘关系，并且是近亲。所以我就与库欣小姐闲聊起来。你应该不会忘记她当时对我们所谈的那些事情，那都是十分重要的线索。首先知道她有一个叫莎拉的妹妹，并且从她那儿搬走没多长时间。这件事就可以看出，东西是寄给她的。后来她又告诉我们，她的三妹玛丽嫁给了一位船员，还知道有一段时间，莎拉和船员的关系非常密切。莎拉为了和船员布劳内亲近一些，不顾一切地搬到利物浦去住。可是由于一场纠葛，他们又分开了，而且好几个月都未来往。假如布劳内要给莎拉寄什么东西，一定会按她原来的地址寄。

"事情就这样解决了。我们不但知道有这样一个船员的存在，还知道他是一个非常情感化的男人——你不会忘记他为了不和他的妻子相隔太远，舍弃了一份非常好的工作，而选择了当一名普通的船员，另外还经常喝得烂醉如泥。我们有充足的证据证明他的妻子已经遭到杀害。另外一位男子，假定也是一个水手，也一起被杀害，我们马上就可以推断出嫉妒是杀人的主要动机。但是他为何要给莎拉·库欣小姐寄去杀人的证物呢？也许是由于她在利物浦居住时埋下了这场谋杀案的祸根。你应该知道贝尔法斯特、都伯灵和华特弗得是这条航线的停靠码头。我们暂时假定这件案子的凶手就是布劳内，而且在案发之后立即上了'五朔节'号，他可以邮寄东西的第一个码头就是贝尔法斯特。

"到目前为止，另外一种推测也有可能。尽管我想这种可能性不大，但我仍然打算在进行深入调查之前，应先将这个搞明白；那只男人的耳朵也许是布劳内的，也就是说那个没有成功的第三者也许将布劳内和他的妻子都谋杀了。这所有的推测既有可靠的地方也有不可靠的地方。因此我发了一份电报给我那个在利物浦警界工作的朋友阿尔夏，让他帮我调查一下布劳内的妻子在不在家里，布劳内先生是否上了'五朔节'号。做完这些之后，我们又去沃灵顿探望莎拉女士。

"起初我只是由于好奇，想瞧瞧她们姐妹的耳朵究竟如何相似；另外想从她那儿得到一些新的重要线索，不过对此我并没有太大的把握。她一定在两天前就知道了邮件的事，因为全克罗伊登没有谁不知道此事的，那件邮件究竟要寄给谁，只有她最清楚。假如她打算伸张正义的话，她应该早就来警察局报案了。无论怎样，我们有义务去探望她一下，因此我去了却没有见着她。听到的是她病倒、发烧的消息，这个邮件对她的打击太大了。这时，一切都清楚了，那个邮件意味着什么她非常明白。但同样清楚的是，我们不得不等待一段时间才能得到她的协助。

"但是，我们不需要她的帮助，警察局已经有了结果，只等着我们去呢。是我叫阿尔夏发电报到那儿去的，他提供的线索比谁的证词都有用。这三天之中布劳内的妻子家没有人进出，附近的居民都猜想她可能看望她的姐姐去了；布劳内上了'五朔节'号，这从船务处得到了证实。我想了一下，这艘船到达泰晤士码头要到明天晚上，他只要下船，雷斯垂德就会把他带走。我相信到时一切都会水落石出。"

歇洛克·福尔摩斯的想法实现了。过了两天，他收到了雷斯垂德寄给他的一封短信和好几张用大页书写纸打印的文件。

"他被雷斯垂德抓获了，"福尔摩斯转过头看了看我，"你也许对他所说的非常感兴趣吧！"

亲爱的福尔摩斯先生：

按照我们（这个"我们"用得太绝了，华生）制订的方案，昨天下午六点钟，我到达泰晤士码头，查访了"五朔节"号。该船属于利物浦、都伯灵和伦敦轮船班轮公司。经过查问之后知道有一个名叫吉姆·布劳内的船员在那艘船上，在这次航行中，他有许多异常的行为，因此被船长停职。我们找到他时，见他在床边的箱子上坐着，两手抱着脑袋，并不住地左右摇晃着。他长得又高又大，显得非常强壮，皮肤黑黑的，不过胡子却刮得很干净。他一见我就马上从床上跳了起来。我对藏在拐角处的水上警察吹哨招呼了一声，可是这个人好像一点也不在乎，默不作声地将双手伸了出来，等着我给他戴上手铐。他和他的箱子一起被我们带到了监狱，我原以为会发现一些他犯罪的证据，但却只找到了一把锋利的大刀，这种刀其他的许多水手也有，除此就没发现任何可以作案的东西。但是我们也不需要任何证据了，因为一将他带到检察官那儿，他就坦白了一切，我们安排速记员如实记录了一切。我们将其复印三份，寄给你的是其中的一份。事实证明：一切都如我们推测的一样，这个案子非常简单，不过我还是非常感谢你协助我们侦破了此案。

致以诚挚的祝福

你忠实的 G·雷斯垂德

"嗬！案子不复杂，"福尔摩斯说，"但是我想他在叫我们去时，绝对没有此种看法。无论如何说，我们还是瞧瞧吉姆·布劳内是如何为自己申辩的吧。他在谢尔维尔警察局的蒙特哥麦警官那儿的供词都在这里。它是一字不差地记录下来的，非常好。"

"我有什么要说的吗？绝对有，而且要讲的非常多。我要坦白所有的事情内幕。你们可以把我绞死或者判苦役，不过你们无论用哪种方式对我来说都不重要。实话对你们说吧：我做完那件事之后，就从未合过眼，怎么也睡不着。那两张面孔不断变换着在我眼前浮现。有时浮现他的面孔，不过更多的时候是浮现她的面孔。他紧锁着双眉，黑黑的，但那只白羔羊——她的脸上充满了惊讶，因为她以前看到的那张脸上只有爱恋，而现在看到的是充满杀气的面孔，她感到惊讶是理所当然的。

"不过这一切全是莎拉惹的祸，真希望我这颗支离破碎的心发出的最后咒骂可以应验在她的身上，让她的心烂掉吧！我并不是想为自己申辩什么。我又染上了酒瘾，这和畜生没什么区别，但是如果那个可恶的女人不从中作梗，她一定可以原谅我，用力地抱住我，就像一根绳子套在一个滑轮上那样。就由于莎拉非常爱我——祸源就在此——她非常喜欢我，但当她知道在我眼中她的全部生命都不如我妻子的一根脚趾时，她的爱就变成了仇与恨。

"她们姐妹三个人之中，老大是一个善良的女人，老二却是个魔鬼，老三则是一个天使。玛丽嫁给我的时候才二十九岁。莎拉三十岁。我们结婚后，过着非常幸福快乐的生活，我的太太是整个利物浦中最好的。一天，我们邀请莎拉到我们家来玩一个星期，但她却将一个星期变为了一个月，而且就这样一直住在我们家，最后变成我们的家庭成员。

"那时，我把酒给戒了，并存下了一些钱，日子过得红红火火。可是，我没有料到事情会闹到今天这个样子！我真的没料到会这样！

"那个时候，我星期日总是在家中，偶尔遇到船要等货，一个星期我都会待在家中，因此常常看到莎拉。她身体窈窕，肤色略呈黑色，机智且恶毒。她常常高扬着头，一副非常清高的样子，眼睛非常亮，如灯火石进出的火花一样闪烁着。不过我可以发誓只要我的太太在，我根本就没将她放在心上，希望上帝能饶恕我。

"有时，我不明白她为什么特别希望和我单独相处，有时还缠着我与她去散步，但是我从未产生过什么非分之想。不过，有一天夜晚我终于清楚了。那天，我从船上归来，发觉玛丽不在，但莎拉却在。'我太太到哪去了？'我问她，'噢，她到外边付账去了。'我有些心烦地在房子中走来走去。'你一眼看不到你太太就心烦意乱，吉姆？'

"她说，'你甚至一分钟都不想与我在一块，真的让我太伤心了。''没什么，我的小女孩。'我边说边向她伸出我的双手。但是她马上用两只手紧紧抓住我的手，手热得像发烧一般。我凝视着她的两只眼睛，这时我什么都明白了。她没必要说什么，我也没必要说什么，仅仅将眉头皱了一下，并将两只手抽了回来。她默不作声地在我旁边待了一会儿，然后伸手抚摸了一下我的肩，说：'老吉姆太稳重了！'说完就讽刺地笑了笑，向屋外奔去。

"从那以后，莎拉心中就充满了对我的仇恨，她确实也是一个歹毒的女人。但当时我太傻了，竟没赶她走，也从未对玛丽说起过，因为我清楚她会因此而非常难过。一切好像都未改变。可是一段时间之后，我觉得玛丽有些异样。她以前是那样地信任我，那般的单纯、可爱。但现在却显得那样奇怪、多心，对我去过什么地方、做过什么事、谁给我写的信、甚至口袋中放着的东西这一类的小事，她都会追根问底。她越来越刁钻，脾气也越变越大，动不动就发怒，和我斗嘴，我总是被她搞得莫名其妙。这时，莎拉总是躲着我，但玛丽却总与她在一块。今天，我才知道她是怎样精心策划一步一步地摧毁我与玛丽之间的感情，但那个时候我简直与瞎子一般，不知道为什么会这样。因此，我又开始酗酒。如果玛丽像以前一样，我绝对不会这样做。她终于有厌恶我的理由了，我和她之间的裂痕也日益增大。也就是在这个时候，阿历克·菲尔巴恩搅了进来，使事情变得更加糟糕。

"最初，他到我们家来是为了看莎拉，可是过了一段时间，他便来探望我们，因为他这个人非常会取乐别人，到处都有他的朋友，他穿着时髦，神情高傲，蓄着一头卷发，精神却非常好。这个世界上有一半的地方他都去过，知道的东西非常多，而且非常健谈。我相信他是个好朋友，身为一名海员，他的一举一动都非常有礼貌，我想他在船上一定不是一名普通水手，而是一名高级职员。在那一个月的时间里，他在我们家来来往往，我从未想过给我带来灾难的就是他那种和蔼机智的风度。后来，有件事让我终于起了疑心，从那时起我也就远离了平静的生活。

"不过那件事也并不是什么大事。那天，我突然走入客厅之中，刚进去时，就看到玛丽充满兴奋的脸，可是那种神情就那么短短的一瞬间，因为她看清走进客厅的是我后就满脸失望，扭头离开了。但我已明白了一切。她错认为我是阿历克·菲尔巴恩。如果当时他在那儿的话，我一定会干掉他的，因为我一发怒就如一个精神失常的人。玛丽从我的目光中看到了恶魔般的凶狠。因此，向我奔过来，用手轻轻地拉着我的衣角。'别这样嘛，吉姆，别这样嘛！''莎拉在哪里？'我问。'在厨房里边呢。'她说道。'莎拉，'我一边喊着一边向厨房走去，'从现在开始，不允许阿历克·菲尔巴恩踏进我们家半步！''为什么？'她问道。'因为这是我说的。''这样！'她说，'如果我的朋友不可以来这个屋子，那我当然也不可以。''你喜欢怎样就怎样，'我说，'但是如果这个阿历克·菲尔巴恩敢在我家出现，我一定会割下他的一只耳朵送给你当礼物！'她当时一句话也没说，那天晚上就从我家搬走了，我想一定是我的神态把她吓住了。

"唉，直到今天我仍不清楚这个可恶的女人到底是如何歹毒，她以为怂恿我的太太去乱来就能使我和太太产生隔阂。离开我家后她在距我家两条街远的地方租了一套房子，将空余的房间租给了水手。之后，菲尔巴恩经常到那里去，我的太太也常常去和他们一块喝茶。我不知道我的太太多长时间去一次，有一次我偷偷地跟在她后面，突然闯了进去，菲尔巴恩害怕得如一只胆小的臭鼬，偷偷地从后花园翻墙逃掉了。我对我太太发誓说，如果再让我看见他们在一块，我就杀死他。我拽着她就向家走去，她边走边哭，全身都在颤抖着，脸如纸一般苍白。我和太太之间已不存在丝毫的爱恋。我非常明白她对我又怕又恨，当我想到这些，我就去喝酒，她还是照样鄙视我。

"由于这件事情，莎拉感到她不能再住在利物浦了，因此搬走了，搬到她在克罗伊登的姐姐那儿，这是我后来知道的。我家的情况仍是那个样子，直到上个星期的时候，一场灾难降临了。

"具体情况是这样的：我所在的船——'五朔节'号在外航行了七天之后，船上的一只大桶松开了，导致一根横梁脱节，这样我们不得不进港停靠 12 小时。我从船上下来就准备回家，在途中我还暗自想着一定会给太太一个惊喜，而且期待着见到她兴奋的表情，因为我这么短的时间就回家了。在不知不觉中我已经走到了我家所在的那条街。在这个时候，我身边驶过一辆马车，我一眼就看见玛丽坐在里边，在那个菲尔巴恩身边，高兴地说着笑着，我站在人行道上怒视着他们，他们丝毫没有察觉。

"我实话告诉你们吧，从那个时候开始我就无法控制自己，现在回想起这些，就如一场噩梦。那段日子里我的酒瘾越来越大。另外与这件事又搅和在一块，简直把我的脑袋搞得快裂开了。现在，我的脑袋里有个什么东西像船员用的铁锤那样在敲打，但是那天上午，我的耳朵中好像整个尼亚加拉瀑布在轰鸣一样。

"因此，我不由自主地在那辆马车后追着。那个时候，我手里拿着一根沉重的橡木手杖，实话告诉你们，开始我非常生气，可是追了一段时间之后，我脑子一转，不如离他们远一些，这样我便能瞧见他们，但他们却瞧不见我。一会儿，我就到达了火车站。售票处的人非常多，甚至连走路的地方也没有，因此我就在距他们不远处他们也没发现。他们买了火车票，上了去新布莱顿的火车，我也买了同样的车票，不过我的位置距他们有三节车厢远。到达新布莱顿之后，他们在阅兵广场上快乐地散着步，我跟在他们后边，距离一直没超过一百码远。那个时候天气非常炎热，他们以为水上会凉爽一些，于是就租了一条船。

"上帝也在帮我。那个时候正好有些雾，相隔几百码就看不清任何东西。我也同样租了一条小船，紧紧地跟在他们后边。我可以隐隐约约看见他们小船的影子，并且我与他们以同样的速度划着船，在我追上他们的时候，他们在距岸边一英里多的位置。雾笼罩在我们的周围，像帷幕一般，我们正处在这个巨大的帷幕中间的地方。噢，我的天哪，他们在看清楚我在朝他们划近的时候，那两副面孔是多么古怪啊！我永远都记得那一刻，她大声地尖叫着，但他却像精神失常一般，抓起船桨就向我打过来。我猜想他一定是发觉了我脸上的杀气。我躲开了他扔过来的船桨，迅速地用拐杖朝他打了过去，打得他脑浆四溅，像一个开了花的西瓜。虽然那个时候，我已经失去了理智，但我仍然决定放过她。但是她却趴在他的身上，搂着他大声地哭着、喊着'阿历克'。因此我又打了她一杖，她趴在他身上再也不能哭，也不能动了。那个时候，我如一头饥饿的野兽。假如那时莎拉也在那儿，我敢说她一定也是死路一条！我拿出刀子，而且——行了，该说的我都说了！当时，我还反复地想着等莎拉见着这些因为她一手造成的惨剧时的心情，我产生了一种野性的快感。后来，我将那两具尸体绑在那只船里边，并打穿一块船板，我站在船上，直到看着它沉入水底。我非常明白，船主会以为他们已经划出了海，并在雾中迷失了方向。我整理了一下自己，来到岸上，然后又登上轮船，谁都不知道我做过一些什么事。我在那天夜间就将给莎拉的包裹准备好了，第二天一早，我就从贝尔法斯特把它寄出去了。

"我都告诉你们了。所有的案情你们也都弄明白了。你们无论是绞死我，或是采取其他的方式都可以，只是希望你们不要将时间拖得太久了。我不能合上双眼，不然就会看到盯着我的那两张面孔——那种神情就是我的小船穿过层层白雾到达他们那儿时，他们瞧见我时的那种神情。我干掉他们的时候，是那样干脆利落，但干完之后却过着生不如死的日子。如果我仍过着昨天夜晚那样的日子，也许在天亮之前，我要么精神失常，要么就结束生命。你会将我独自一人关在监狱之中吗？警官先生。我求求你啦，千万别那样对我！请你们用最痛快的方式解决掉我吧。"

"这到底是为了什么呢？华生。"福尔摩斯一边将手里的文件搁下，一边严肃地说道，"他这么做有什么意义呢？看来是有一个人类的理智无法解答的永恒存在的大问题。"

布鲁斯—帕廷顿计划

1895 年 11 月的第三个星期，浓浓的黄色迷雾笼罩着伦敦。

从星期一到以后的好几天之中，我怀疑我是否可以从贝克街我们的窗口看到对面房子的轮廓。

第一天，我的朋友在给他那本非常厚的参考书编索引。

第二天和第三天，他把时间消磨在他最近才喜好的一个题目上——中世纪的音乐。

但到了第四天，吃完早餐把椅子放回桌下后，我们看着那湿漉漉的雾气阵阵飘来，在窗台上凝结成油状的水珠，这时，我的同伴急躁而又活跃的天性再也忍受不了这种单调的情景了。

福尔摩斯开始在我们的房间中来回走动着，并且不断找事做，磨磨牙齿，摸一摸我们的家具什么的，对于这样没有丝毫活力的日子他非常生气。

"华生，报纸上有什么好新闻吗？"

我非常清楚，他所说的报纸上的好新闻，是那些关于罪犯的离奇故事。报上登的有关政府方面的新闻、经济方面的新闻、政治方面的新闻等等非常多，可是我的朋友对于这些统统都不感兴趣。

他抓起报纸再次浏览了一遍，都是一些乏味的东西，所以放下报纸仍然走过去走过来。

"伦敦的罪犯全是些愚笨的家伙。"他边走边牢骚着，就像一个找不到对手的挑战者，"华生，你瞧外面那些稠密的烟雾，人都在朦朦胧胧之中，隐隐约约。处在这样好的天气中，凶手和小偷可以大摇大摆地穿梭在人群中间，并且作案以后别人还不容易发现，浓雾成了保护他们的帷幕。好像野兽藏在丛林之中，谁也没发现它，可是它可以随时扑向它的猎物。如此一来唯有受害人本身可以看得非常明白。"

"不是还有许多扒手吗？"我说。

福尔摩斯从鼻孔中轻轻地哼了一声。

"这个阴沉的大舞台，是为比这个更有价值的事情设置的，"他说，"幸好我不是社会中的罪犯，这确实是万幸。"

"确实如此，幸好你不是！"

"假如我是布鲁斯或者伍奇德，或者是那些有十足把握可以杀死我的五十名凶手之一，若是那样，我可以活多长时间呢？需一张传票，一回假的约会，一切就万事大吉了。幸好那些经常发生暗杀的国家没有这种天气，不然——哈哈，总算有事情来了，我们的死气沉沉总算给打破了。"

佣人递过来一份电报。

我的伙伴看了那份电报，仰着脑袋哈哈大笑着。

"太妙啦，太妙啦，我的哥哥迈克罗夫特马上就到！"

"得啦，这有何大惊小怪的？"

"这里有非常值得惊奇的缘由，这就像是在乡村小径上碰上了电车。迈克罗夫特有属于他的生活圈子，他必须在那些圈子中穿梭。他的生活范围差不多是三点一线式的，倍尔美街的住所、欧尼根俱乐部、白厅，一共也就这几个地方。我这里他仅来过一次，他到这里来过一次，只有一次。这一次又是什么事惊动他来这里的呢？"

"他没有说吗？"

他将电报递给我：

因卡多甘·威斯特之事见你。即到。

迈克罗夫特

即日

"卡多甘·威斯特，这个名字我听说过。"

"我没有任何印象。但是我感到奇怪的是，迈克罗夫特亲自前来找我。由此可见，星球也有可能脱离它运行的轨道的。顺便提一下，你知道迈克罗夫特是干什么的吗？"

我模模糊糊还记得一点，在希腊译员一案时曾听福尔摩斯说过。

"你告诉过我，他在英国政府里做了个小官。"福尔摩斯咯咯笑了起来。

"那个时候，我们结识不久，还不怎么了解。谈起国家大事，一个人不能不谨慎一些。你说他在英国政府中工作，这没有错。假如从某种意义上看，说他就是英国政府，那也没错。"

"我亲爱的福尔摩斯！"

"我早就知道你会非常吃惊。我哥哥迈克罗夫特一年的收入只有四百五十英镑，仅算一个小职员，他不曾有任何坏的企图、任何野心，他视功名利禄如粪土，可是我们英国少了他就不行！"

"我越听越不明白。"

"你耐心地听我说，他有非常独特的地位，而且是用他的聪明才智换来这样的地位，不曾有任何的投机取巧可言。这样的事情没有前人引路，也没有后人来继承，唯有他自己。他的思维独特，思路明朗，并且记忆力超人，过目不忘。他的能力超过所有的人。我和他的才华一样。只是我们所走的路不一样，我的才能用来侦察案子，他的才能则用作某种特殊的事情，我们英国政府各个部门的大小事情都必须经过他的手才行，他是一个聚集站，一个大容器。从他那儿可以找到任何信息，而且给以平衡。别的人都是专家，而他的专长是无所不知。假如有一位部长要得到海军、印度、加拿大和金银复本位制等方面的问题的解答，除了他没有一个人能详细知道，仔细地说与你听，另外还会告诉你这其中哪些因素有影响。因此，他成了一位不可缺少的人物。起初，他的同事仅仅是为了方便和快捷才去求助于他。到后来，便渐渐地发现，在他的脑袋中，无论什么样的事情都包括。当需要的时候能随时取出来使用。因此，那一个又一个的难题都是由他发表的那些见解决定的。他就在那中间生活着，平时，他从不出门。只有当我由于一两件小事情去求他，他才会适当地放松几分钟。今天，为何不请自来呢？一定有什么重要的事情。卡多甘·威斯特到底是什么人物？他与迈克罗夫特又有什么关系呢？"

"哦！我记起来了。"我快速地向沙发上的一大堆报纸扑过去，"绝对是这个人，卡多甘·威斯特。星期二早晨有人发现地下铁道上面的死尸就是他。没错，就是他！"

福尔摩斯坐直了身子，聚精会神地思考着，握着烟斗的手在半空中定住了。

"情况一定很严重，华生，我的哥哥因一个人的死亡而改变自己的生活习惯到我这里来，这件事到底与他有什么关系呢？根据我知道的，那件事还未调查出一点眉目。那个年轻人显然是从火车上掉下去摔死的，他并没有遭到抢劫，也没有特殊的理由怀疑这是暴力行为。还有其他发现吗？华生。"

"目前，刚刚对尸首进行了检验，发现了非常多的情况。"我说，"这件案子有些古怪。"

"对我哥哥有这样大的震撼，这件事绝非平常啊！"他在他那把安乐椅上躺着，"说一下事情的详细过程吧！"

"此人的全名是阿瑟·卡多甘·威斯特，现年二十七岁。尚未结婚。是沃尔威切工厂的职员。"

"政府的雇员，你瞧，华生，这与我哥哥联系上了。"

"星期一的晚上，他忽然离开沃尔威切工厂。他的未婚妻——威斯特伯利女士是最后见到他的人。那天晚上有浓雾，他离开她时大约七点三十分左右。他俩并未发生别扭。直到今天，她仍不明白他这么做到底是因为什么原因。接下来她听到的消息就是，一个名叫泰林的铁路职工在伦敦地下铁道的盖特路旁边发现了他的尸体。"

"具体时间呢?"

"大概是星期二早晨六点钟左右。尸体在铁道靠东去方向铁轨的左侧,就在离车站非常近的地方,铁路在那里从隧道中伸出来。从火车上摔下来的可能性非常大,因为他的受伤情况非常严重,头盖骨都碎了,跳车摔死的可能性很大。如果要把尸体从附近某一条街抬过来,不管怎样都要从站台经过,而站台一直都有工作人员在那儿。这一点看来是可以绝对肯定的。"

"太好了。这个案子的情况够明确的了。这个人,不管是死还是活,不是从火车上摔下去的,就是被人从火车上抛下去的。这一点我已经清楚了,继续讲下去吧。"

"发现尸体附近的那条铁轨,列车的行驶方向是自西向东的。有的只是来自市区的列车。有的来自威尔登和附近的小车站。能确定的是,这个年轻小伙子是在那天夜间登上去那个方向的列车,不过不清楚他在什么地方上的车。"

"瞧瞧他的车票不就行了!"

"但是,没发现他的口袋中有车票!"

"什么?没发现!华生,那这可太奇怪了,据我所知,进铁路的月台没有车票是绝对不行的。如果他有车票呢?可是,为何又没看见呢?难道想掩饰他上车的地方吗?这很有可能。把车票丢在车上了?这也不是不可能。这一点很奇怪也很有趣。我想没有发现被盗的迹象吧?"

"显然没有。这里有一张他的物品的清单。他的钱包里有两英镑零十五个先令、沃尔威切银行分行的一本支票。通过这些,可以查清他的身份。还有两张沃尔威切剧院的特座戏票,时间就是当天晚上。还有一叠技术文件。"

听到这里,福尔摩斯带着满足的声调叫喊着:"华生,我终于找到线索了,你瞧,这不就有联系了吗?英国政府—沃尔威切工厂—这叠技术文件—我的哥哥迈克罗夫特。这桩案子的一切环节都在这儿啦。假如我没有听错的话，我想是他到了。"

没多久，迈克罗夫特·福尔摩斯高大的身躯被引进房来。他长得结实伟岸，看上去显得不太灵活，但在这笨重的身躯上长着的那颗脑袋，其眉宇之间显出的是一种如此威严的神色，铁灰色的深沉的双眼是如此机警，嘴唇显得如此坚定果敢，表情又是如此敏锐，以至于谁看了他第一眼后，就会忘掉那粗壮笨重的身躯，而只记住他那出类拔萃的智力。

和他一起前来的，还有我们相识已久的老朋友，瘦高而严肃的雷斯垂德警长。他们两个人阴沉的脸色预示着问题的严重。这位侦探一句话也没说，只是与我们握了握手。他哥哥脱下自己的外套，而且非常用力地坐在一把椅子上。

"我为这件事都快烦死了，歇洛克。"他说，"你是清楚的，我最讨厌将自己的生活习惯改变的，但是英国政府说什么也不同意。照目前暹罗的情况来看，我离开办公室是最糟糕不过的了。可是，与这件事相比较，它算不了什么。我从来没有见过首相如此惶惶不安。至于海军部呢——闹闹哄哄，就像个倒翻了的蜂箱。你看到这个案子了吗？"

"不久前见过，技术文件是——"

"啊，这是关键的一点！幸运的是，它还没有公开。要是公开了，可能已搞得天翻地覆了。那位非常不走运的年轻小伙子口袋中放着的就是一项计划！"

"什么计划？"

"布鲁斯—帕廷顿潜艇计划。"

迈克罗夫特在说这话时，明显地流露出事情的严重性。我们等着他说下文。

"你们肯定早有耳闻吧？"

"仅仅听过这个名字。"

"它的重要性是无法形容的。它是英国政府最重要的机密。我可以提前告诉你，假如'布鲁斯—帕廷顿计划'能顺利地进行下去，那么在它的统筹范围之内，绝不会再有海上战争。几年之前，为了开展这项计划，政府方面偷偷地从财政中拨出一些款项，用在了这项专利发明上。每一种努力都是为了保守其机密。这项无比复杂的计划有三十多个单项专利，每一个单项都是整体不可缺少的重要组成部分。我们将这项计划存放在一个办公室里——沃尔威切工厂附近，这个秘密的办公室有一个高级保险柜。并且有非常严密的防盗系统安装在那间办公室里边，门与窗户都是防盗的。因此，不管怎么样，都不可能将计划从办公室中拿走。就算海军的总技术指导想看看全部计划，也必须到沃尔威切那个秘密办公室去看才行。但是，我们却在伦敦中心区，从一个死去的小职员的口袋里发现了这一计划。官方认为，这真是太可怕了！"

"可是，你们已经把它找回来了，不是吗？"

"你错了，歇洛克，还未找回来！这就是事情的危险所在！"

"并未找回来？"

"没错，我们办公室中少了十份计划。我们找到的那个死去的年轻小伙子的口袋中仅有七份计划。很明显，还差三份计划，并且是三份最重要的计划。歇洛克！你必须把所有的事情都搁下来，别像往常那样为那些警察厅的小事劳神了。在这件大事上去施展你的聪明才智吧，把这件事情处理好吧！为什么卡多甘·威斯特要拿走文件？另外的三份文件又在什么地方？他是如何丧命的呢？真是摔死的吗？为何会死在那个地方？我们该如何挽回这场灾难？只有为这些问题找到答案，你才算为国家尽责，做了件好事。"

"可是，你为何不亲自去解决这件事情呢？迈克罗夫特，我可以弄清楚的东西，你也一定都能弄清楚的。"

"可能是这样，歇洛克。但只有调查清楚所有细节，才可以处理好这个问题。只要你把细节告诉我，我就可以坐在椅子里把一个与专家等同的见解告诉你。要知道，四处奔跑，询问路警，拿着放大镜去察看——这都不是我干的事情。我干不了，而你就是那个可以查明真相的人。如果你想看见自己的名字出现在下一次的光荣榜上……"

我的伙伴并不感兴趣地摇摇头。"我做任何事情并不是为了名利。"他说，"可是这件事我很感兴趣，我非常高兴去探讨一下。"

"一些重要人物的名字及情况都在这张纸上。还有几个地址，这你以后会知道用得着的。其中管理秘密文件的官员是政府的著名专家詹姆斯·瓦尔特爵士。他的荣誉和头衔，在人名录里占了两行的位置。他在职务上是位老手，也是一位绅士，更是一位出入上流社会的受人欢迎的客人。还有，他的爱国主义是毋庸置疑的。只有两个人有保险柜的钥匙，他是其中的一人。再加一点，在星期一的工作时间里，文件肯定是在办公室里的。詹姆斯爵士是三点钟左右启程去伦敦的，他随身带上了钥匙。出事的整个晚上，他就在巴克莱广场的辛克莱尔海军上将家里。"

"这一事实得到证实没有？"

"证实了。他的兄弟，瓦伦丁·瓦尔特上校证实他离开了沃尔威切，而辛克莱尔海军上将证实他在伦敦，因此，詹姆斯爵士已不再是这一问题的直接因素。"

"还有一把钥匙在谁那里呢？"

"西德尼·约翰逊先生，他是正科员兼任绘图员。他有四十来岁，已婚，有五个孩子。他是个沉默寡言的人。但总的说来，他在公事方面表现得很出色。他与同伴疏于来往，而且工作努力。据他自己的陈述，星期一下午下班回家后，整个晚上都待在家里，钥匙挂在他的表链上，从没有取下过，当然，这些仅从他妻子那里得到了证实。"

"威斯特又是什么样的人呢？"

"他已服了十年，而且工作相当不错。他向来性情急躁，容易冲动，但却是一个诚实率直的人。我们对他没有任何反对意见。在办公室里，他仅次于西德尼·约翰逊。他的工作使他每天得以个人去接触计划。再就没有其他人掌管这些计划了。"

"当天晚上计划是由谁锁起来的?"

"西德尼·约翰逊先生。"

"哦,是谁把计划拿走的,这不一目了然了。计划是在卡多甘·威斯特身上发现的。这不就完了吗,是不是?"

"假若真的如此,他出于什么目的拿走计划呢?"

"是因为金钱吗?"

"我想金钱不是唯一的目的。一定还有其他目的。"

"就算他要拿文件,一把钥匙也是没有用的,他得打开大楼大门和房门。"

"有没有可能他事先伪造了几把钥匙,他把资料拿到伦敦去出卖秘密,毫无疑问是为了在人们发现计划丢失之前,在第二天早上把计划重新放回保险柜里。当他在伦敦执行这一叛国使命时却丢了小命。"

"我们可以这样假定,他是在返回沃尔威切的路上被杀害的,而且是从车厢里被扔下去的。"

"阿尔德盖特,他的尸体是在那里发现的。那个地方离通往伦敦桥的车站已有相当距离,他可能是从这条路上去沃尔威切的。"

"他经过伦敦桥时,可以设想的情形也许是多种多样的。例如,车厢里有一个人,他正在与这个人秘密会面。这一会面导致了一场暴力,他就这样送了命。也可能是他想离开车厢,摔到车外的铁路上死的。那个人关上车门。当时雾很大,什么也看不见。"

"就我们现在了解的情况来看,没有比这更好的解释了。但是,你想一想,歇洛克,你还有多少问题没有考虑到。为了探讨,我们不妨设想,这个年轻的卡多甘·威斯特早就打定主意要把这些资料带到伦敦。他自然已经和外国特务约好了时间,并且设法在那个晚上不使人怀疑。但情况不是这样,他口袋里装着两张戏票,在和未婚妻去戏院的半路突然失踪了!"

"这是讲不通的第一点。讲不通的第二点是:我们可以假设他到了伦敦，并且见到了那个外国特务。他必须在早上以前把资料还回去，不然就会被人发现。丢失了十份资料，而在他的口袋里我们只找到了七份。剩下的三份到哪里去了呢？他丢下三份资料一定不是自愿的。还有一点，他出卖国家所得到的钱又在哪里呢？他的口袋里应该有一大笔钱才对吧。"

"依我看，事情已非常清楚，"雷斯垂德说，"我对发生的一切毫无疑问。他带走资料是想把它们卖了。他见到了那个特务。他们在价钱上没有谈拢。他就启程返家，但那个特务跟踪了他。在火车上，特务把他给杀了，并取走了最重要的几份文件，并把他的尸体扔到了车厢外。这不就说明一切了，是不是？"

"那他为什么没有车票呢？"

"有车票就能说明他们见面的地点，因此，特务把它从受害者口袋里拿走了。"

"好，雷斯垂德，很好，"福尔摩斯说，"你的理论很集中。但如果这是真的，那这一案子就完结了。一方面，叛国者上了西天；另一方面，布鲁斯—帕廷顿潜艇计划大概也已经到了欧洲大陆。这样的话，我们还有什么可做的呢？"

"行动，歇洛克！采取行动！"迈克罗夫特跳了起来大喊道，"我的全部本能都反对这个解释。拿出你的能耐！到作案现场去！去查访一下有关的人！千方百计，绞尽脑汁吧！在你的一生中，还从来没有过这样难得的、报效你的祖国的机会呢！"

"好了，好了！"福尔摩斯耸了耸肩膀，"走吧，华生！还有你，雷斯垂德，你是否能陪我们一两个小时？我们先去阿尔德盖特车站，调查就从那里开始。再见，迈克罗夫特。我会在傍晚之前给你一份报告，不过话说在前面，你最好不要抱太大的希望。"

一个钟头后，福尔摩斯、雷斯垂德和我，来到了发现尸体的地下铁路旁。一位红脸庞的老先生代表铁路公司接待了我们。

"这就是发现那个年轻人的地方，"他说着，一边指着离铁轨大约三英尺的地方。"他不可能从上面掉下来，你们看到了，这里的墙没有任何门窗。他只能是从火车上掉下来的。我们认为这列火车可能是在星期一午夜前后经过的。"

"那么在检查那列火车车厢的时候，有没有发现暴力的痕迹？"

"一点也没有，也没有发现车票。"

"也没有发现有车门开着吗？"

"没有。"

"今天早上，我们得到了一些新证据，"雷斯垂德说，"星期一晚上，在十一点四十分的普通地铁列车经过阿尔德盖特车站前不久，车上的一位乘客听见嘣的一声，好像是有什么摔在铁路上。当时雾很浓，什么也看不见，所以他没有在意。哎！福尔摩斯先生，你怎么啦？"

我的朋友站在那里，看着从隧道里弯曲延伸出来的铁轨，脸上露出紧张的神色。阿尔德盖特是个枢纽站，这里有一个道岔网。他急切而疑惑的双眼盯着道岔。我从他机灵而警觉的脸上看到他嘴唇紧闭，鼻孔颤动，两道浓眉紧锁着，这都是我所熟悉的表情。

"道岔，"他喃喃地说，"这些道岔……"

"道岔怎么啦？你这是什么意思？"

"我想，别的线路上不会有这么多的道岔吧？"

"没有。很少有。"

"还有路轨的弯曲度。道岔，弯曲度。啊！如果仅此而已就好了。"

"怎么？福尔摩斯先生，你找到线索啦？"

"一个想法——一种迹象，仅此而已。但案情肯定变得更有趣了。非常奇怪，简直太奇怪了，我在路上没有看到任何血迹。"

"是的，现场几乎没有什么血迹。"

"但据我所知，伤势很重。"

"骨头碎了很多，但外伤并不严重。"

"即使这样也应该能看到一些血迹的。我能不能看一下那列火车？就是听见响声的那位乘客坐过的那辆。"

"恐怕不能，福尔摩斯先生。现在那列火车已经拆散了，那节车厢已经挂到别的列车上去了。"

"我能向你保证，福尔摩斯先生，"雷斯垂德说，"那列火车的每一节车厢我都已经仔细检查过了。而且是我亲自检查的。"

我的朋友有一个最大的缺点，就是总是对那些反应不如他快、智力不如他强的人缺乏耐心。

"很可能是这样，"他说着转身走开，"就出事的情况来看，我想去检查的并不是车厢。华生，我们在这里要做的都已经做完了。我们不用再麻烦你了，雷斯垂德先生。我想现在我们得到沃尔威切去调查了。"

在伦敦桥，福尔摩斯给他的兄弟发了一封电报，在拍发之前，他把电报递给了我。电报上写道：

发现一线光明，但很可能熄灭。请立即派人把已知在英国的所有外国间谍或国际特务的名录列单送到贝克街。

歇洛克

我们坐在去沃尔威切的火车上时，福尔摩斯说："华生，这应该是有帮助的，我的哥哥迈克罗夫特托付给我们这样一件奇怪的案件，我们当然应该感激他。"

他急切的脸上依然流露出紧张而精力充沛的表情，说明某种情况已经启发他打开了一条新的思路。福尔摩斯就像是一只猎狐犬，当它躺在窝里时，耷拉着耳朵，尾巴下垂着，显得懒洋洋的，而同样是这只猎犬，正跟踪着气味浓烈的动物追索向前时，却两眼发亮，肌肉紧张，这就是福尔摩斯今天早上发生的变化。几个小时以前，他还是无精打采，穿着灰色睡衣在房间里来回走动，和现在比起来，简直判若两人。

"这里有材料，有活动余地，"他说，"我太蠢了，竟然没有看出它的可能性。"

"到目前为止，我还是一片漆黑，什么也看不到。"

"我也没有弄清结局，不过我有一个想法，它也许能使我们更进一步。那个人也许是在别的什么地方死去的，他的尸体被放在了一节车厢的车顶上。"

"在车顶上？"

"很惊讶，是不是？但请你想一想事实。发现尸体的地方正好是列车开过道岔，摇晃颠簸的地方，这难道是巧合吗？车顶上的东西难道不可能是在这个地方掉下来的吗？车厢里面的东西是不会受到影响的。尸体要么是从车顶上掉下来的，要么就是发生了什么非常奇妙的巧合。现在我们再来考虑一下血迹的问题吧，如果身体上的血流到别的什么地方去了，那铁道上自然就不会有血了。每一件事本身都是有启发性的。把它们联系在一起，累积起来量就大了。"

"车票也是其中一件！"我叫道。

"那当然。我们无法解释找不到车票的原因。这样一来就可以解释了。每一件事情都彼此吻合。"

"不过，即使是这样，我们仍然远远没有揭开他的死亡之谜。的确，事情不仅没有变得简单，反而更加离奇了。"

"也许是这样，"福尔摩斯想了想说，"也许是这样。"他开始默默地陷入沉思之中，直到这列慢车最后抵达沃尔威切车站。下车后，他叫了一辆马车，并从口袋里掏出了迈克罗夫特给他的字条。

"今天下午，我们得跑好几个地方，"他说，"我想，我们首先注意的应该是詹姆斯·瓦尔特爵士。"

这位著名官员的宅邸是一幢漂亮的别墅，别墅前的草坪一直延伸到泰晤士河畔。我们到达的时候，雾已经散了，一缕微弱的带着水汽的阳光照射下来。管家听见铃声，出来开门。

"詹姆斯爵士，先生！"他严肃地说，"今天早上，詹姆斯爵士已去世了。"

"天哪!"福尔摩斯惊诧地叫道,"他是怎么死的?"

"先生,你或许愿意进来见见他的弟弟瓦伦丁上校?"

"好的,我们最好是见一下。"

我们被带进一个光线暗淡的客厅,过了一会儿,一个五十岁的高个子来到我们面前,他外表英俊,稍微有点胡子。他就是死去的那位科学家的弟弟。从他惶惑的眼神、没有洗净的面颊和蓬乱的头发可以看出,这家人遭到了一场突如其来的打击。他谈起这件事,声调不很清晰。

"这是一件可怕的丑闻,"他说,"我的哥哥詹姆斯爵士自尊心非常强。他经受不住这样的事。他伤透了心。他总是为他主管的那个部门而自豪,这次事件对他来说是一个致命的打击。"

"我们本来希望他为我们提供一些线索,以帮助我们查明真相。"

"我敢向你们保证,这件事对他就像对你和对我们大家一样,完全是一个谜。他已经把他所了解的一切情况都告诉警方了。卡多甘·威斯特毫无疑问是有罪的,可是其他的一切都太不可思议了。"

"你对这件事有没有新看法呢?"

"除了我所读到的和听到的,我本人一无所知。我不想失礼,但你知道,福尔摩斯先生,目前我们非常狼狈,所以,我不得不请你们尽快结束这次访问。"

"我的确没有料到这一意外的发展,"我们重新坐上马车后,我的朋友说道,"我怀疑这未必是自然死亡,也许这个老家伙是自杀?如果是后者,是不是因失职而产生的自责的一种表示呢?这个问题留到将来再说吧。现在,咱们去拜访卡多甘·威斯特一家。"

死者和他的母亲住在郊区的一栋精心维护的小巧房子里。这位老太太悲伤得几乎神志不清了,无法给我们提供有用的帮助,但在她的身旁,有一位脸色苍白的年轻女士,她自我介绍说是怀奥勒特·威斯特伯利小姐,是死者的未婚妻。她是在那个晚上最后见过他的人。

"我不明白,福尔摩斯先生,"她说,"自从这个悲剧发生后,我就没有合过眼，一直在想，从早到晚不断地在想，这到底是怎么一回事。阿瑟是世界上头脑最单纯、最侠义、最爱国的人。要他出卖交付给他保管的国家机密，比叫他砍断自己的右手还难。凡是了解他的人，都知道，这是不可能的，是反常的。"

"但事实是什么呢，威斯特伯利小姐？"

"是的，是的，我承认我无法解释。"

"他是不是急需一笔钱呢？"

"不，他的需求非常简单，而且薪水又很高。他已经积蓄了几百英镑，我们准备在新年时结婚的。"

"他有没有受到什么精神刺激的迹象？威斯特伯利小姐，请坦率地对我们讲吧。"

我的同伴的敏锐眼光注意到她的态度发生了一点变化。她的神色变了，有些犹豫不决。

"是的，"她终于说道，"我觉得他心里一定有什么事。"

"有多长时间了？"

"就是这个星期左右。他显得十分忧虑、急躁。有一次我追问过他，他承认是有心事，但那件事与他的工作有关。他说：'这件事对我来说太严重了，不能说，即使对你也不能说。'别的我什么都没问出来。"

福尔摩斯的脸色变得沉重了。

"说下去，威斯特伯利小姐。即使事情可能对他不利，也请你说下去。我们也说不准会带来什么结果。"

"我再没有别的什么可讲的了。有一两次，他好像想告诉我一点什么。一天晚上，他还提到了那个机密的重要性。我还记得他说过，为了得到它，外国间谍无疑是会出高价的。"

我朋友的脸色变得更加阴沉了。

"还有其他的吗？"

"他说，他们对这种事很马虎，一个叛国者要获取计划非常容易。"

"这些话是在最近说的吗？"

"是的，就是最近。"

"谈谈最后那个晚上的情况吧。"

"我们是准备去剧院的。当时雾太浓了，不能坐马车。所以我们就步行，走到办公室附近时，他突然就窜到雾里去了。"

"他什么话也没说？"

"他惊叫了一声，就这样。我等着他，可他却再也没有回来。后来我就回家了。第二天早上，办公室开门之后，他们就来查询了。十二点左右，我们就听到了那个可怕的消息。啊，福尔摩斯先生，如果你能够挽回他的荣誉，该有多好！荣誉对他来说非常重要。"

福尔摩斯悲伤地摇了摇头。

"走吧，华生，"他说，"我们到别处去想办法。我们下一站一定要去被盗的办公室。"

"原来的情形对这个年轻人就已经够不利的了，我们调查到的情况对他就更加不利了。"马车开始缓缓行进了，"他即将到来的婚事使他有了犯罪的动机。他需要用钱。既然他提起过钱，那么他就有了一些想法。他把他的计划告诉她，差一点使她也成了他叛国的同谋。这真是糟透了。"

"不过，福尔摩斯，他的性格总能说明一些问题吧？再说他为什么要把那姑娘留在街上，自己跑去干这犯罪勾当呢？"

"说得对！肯定是有一定的目的。我们遇到的是真正难以对付的情况。"

高级办事员西德尼·约翰逊先生在办公室里会见了我们。他恭敬地接待了我们，这种待遇往往是由我的同伴的名片所带来的。他是一个身材瘦削、脸上带有斑点的中年人。他面容憔悴，由于精神紧张，两只手一直在抽搐着。

"真糟糕，福尔摩斯先生，真是太糟糕了！你听说主管去世的消息了吗？"

"我们刚从他家里来。"

"这地方乱糟糟的。主管人死了，卡多甘·威斯特也死了，我们的文件被盗了。可是，就在星期一晚上我们下班的时候，我们的办公室还是和政府的任何一个办公室一样有效率的。老天爷，想起来真是太可怕了！这个威斯特竟然干出这种事来！"

"那么，你认为他肯定是有罪了？"

"我看没有别的方法可以解释。不过，我是像信任自己一样来信任他的。"

"星期一办公室是几点钟锁门的？"

"五点。"

"是你关的吗？"

"我总是最后一个出门。"

"文件放在哪里？"

"放在保险柜里。是我亲手放进去的。"

"没有人看守这房子吗？"

"有是有。不过，他同时还得负责另外几个部门的安全。他是个老兵，极为诚实可信。那天晚上，他没有看到什么。当然，那晚的雾太大了。"

"也许卡多甘·威斯特是希望在下班后溜进来。他想拿到文件需要三把钥匙，是吗？"

"是的，三把。大门一把，办公室一把，保险柜一把。"

"只有詹姆斯·瓦尔特爵士和你才有这些钥匙吗？"

"我没有大门的钥匙，只有保险柜的。"

"詹姆斯爵士平时是一个有条理的人吗？"

"是的，我认为是的。据我所知，这三把钥匙他拴在同一个小环上。我经常看见钥匙系在小环上。"

"他是带着这个小环去伦敦的？"

"他是这样说的。"

"你的钥匙从来没有离过手吗?"

"从来没有。"

"那么,如果威斯特是嫌疑犯,那他一定要有一把仿配的钥匙。但在他身上并没有找到。另外,如果这个办公室里的某一名职员想出卖文件,复制文件不是比把文件原本偷走更简单吗?"

"精确地复制文件,是需要具有相当的技术知识的。"

"不过我想,詹姆斯爵士也好,你也好,威斯特也好,你们都是有这种技术知识吧?"

"毫无疑问,我们都懂,但请你别把我往这件事上扯,福尔摩斯先生。事实上,在威斯特身上发现了文件的原件,我们这样推测又有什么用呢?"

"噢,他完全可以万无一失地进行复制,同样能够达到目的,但却偏要去冒险偷窃原件,这真是奇怪。"

"是奇怪,毫无疑问。但他却这样做了。"

"对这件案子进行的每一次调查,总有一些令人费解的地方。现在,仍有三份文件没有找到。据我所知,这些都是极为重要的资料。"

"是呀,是这样。"

"你的意思是说,有人掌握了这三份资料,不需要另外七份就可以建造一艘布鲁斯—帕廷顿潜艇了?"

"关于这一点,我已向海军部做了报告。不过,今天我又翻阅了一下图纸,是不是这样,我也不能肯定。双阀门自动调节孔的图样是在已经找回的一份文件上的。除非外国人已经发明了,否则他们是造不出这种船来的。当然,他们也可能很快就能克服这方面的困难。"

"但丢失的三份是不是最重要的呢?"

"那是毫无疑问的。"

"我想,如果你允许的话,我现在想在这房子里走一走,我本来想问你的问题，现在一个也想不起来了。"

福尔摩斯检查了保险柜的锁、房门，最后又查看了窗户上的铁制窗叶。我们到了户外的草坪上时，他表现出了浓厚的兴趣。窗外有一丛月桂树，有几根树枝有被人攀折过的痕迹。他用放大镜仔细地检查了一遍，接着，又检查了树下地面上的一些模糊不清的痕迹。最后，他要那位高级办事员关上铁制窗叶，并指给我看，那些窗叶中间关不严，在窗外任何人都可以看清室内的情形。

"三天的延误，已经破坏了这些印迹。它们也许能说明一些问题，也许什么也说明不了。好了，华生，我认为沃尔威切并不能给我们更多帮助。我们的收获不大。看看在伦敦我们是不是会干得好一些吧。"

在我们离开沃尔威切车站以前，我们又得到了一点收获。售票处的售票员蛮有把握地对我们说，她见过卡多甘·威斯特——她记得他——就在星期一晚上，他坐八点一刻去伦敦桥的那趟车前往伦敦。他独自一人，买了一张三等的单程车票。售票员对他惊慌失措的举动感到很吃惊。他抖得那么厉害，连找给他的零钱都没有拿住，还是售票员帮他拿起的。参看列车时刻表，在七点半钟离开那个姑娘后，八点一刻那趟车是威斯特能够赶上的第一趟车。

"让我们重新来看看，华生，"福尔摩斯在经过了半个小时的沉默之后说，"我想不起在我们俩联手进行的侦查之中，还有什么比这更棘手的案件。每当我们有了新的进展，前面就又出现一个新的障碍。不过，我们还是取得了一些令人欣喜的进展。

"我们在沃尔威切调查的结果，大多都是对年轻的卡多甘·威斯特不利的。但窗外的印迹给我们提供了一个比较有利的假说。譬如，我们假定他跟某一个外国特务打过交道。这件事可能有过誓约，不准他讲出去，但他在思想上还是有些不安，他对未婚妻说过的话就说明了这一点。那么，现在我们再假定，当他和这位年轻的姑娘去剧院时，他在雾中突然看见那个特务朝办公室方向走去。他是个性情鲁莽的人，很快便做出了决定。为了尽责任，便什么事都不顾了。他跟踪着那个特务来到了办公室，在窗外看见那人正在偷盗文件，就去捉贼。这样一来，我们就可能解释为什么在可以复制的时候不去复制而去盗窃原件了。是一个外来人偷走了原件。到此为止，这些放在一起都是讲得通的。"

"那下一步呢？"

"下一步我们就遇到困难了。人们会这样想，在这种情况下，按说年轻的卡多甘·威斯特首先得去抓住那个坏蛋，同时拉响警报。他为什么没有那么做呢？取文件的是一个上级官员吗？这样就可以解释威斯特的行动了。或者会不会是这个人在雾中甩掉威斯特，而威斯特立刻去伦敦赶到他的家里去阻拦他呢？当然，这得假设威斯特知道他的住处。情况一定很紧急，因为他抛下未婚妻就跑，让她一直站在雾里，根本没有告诉她什么。我们的线索到这里就断了。这些假定和被放在地铁列车顶上、口袋里装着七份文件的威斯特的尸体之间仍有很大的距离。现在，我的直觉告诉我，应该从事情的另一端着手。如果迈克罗夫特把名单给了我们，我们也许能找出我们需要的人，这样双管齐下，而不是单线进行，事情就好办了。"

果然，有一封信在贝克街等着我们。是一位政府通信员加急带来的。

福尔摩斯看了一会儿，就把信递给了我。

无名小卒很多，但能够担当如此重任的没几个。值得一提的只有阿道尔·梅依，住在威斯敏斯特，乔治大街13号；路易斯·拉罗塞，住在诺丁希尔坎普敦大厦；雨果·奥伯斯坦，住在肯辛顿，考菲尔德花园13号。据说，后者星期一仍在城里，但现在已经离去。听说你找到了一些头绪，真是令人高兴。内阁在焦急地等待着你的最后报告。查询急件已经送达最高当局。如果你需要，全国警察都是你的坚强后盾。

迈克罗夫特

"恐怕，"福尔摩斯微笑着说道，"王后的所有人马都无济于事啊。"

他展开他的伦敦大地图，俯着身体急切地查看着。

"好了，好了，"过了一会儿，他喊道，"事情终于有点转向我们的方向了。哎呀，华生，我确实相信，我们最终是会胜利的。"

他突然高兴起来，拍着我的肩膀说："我要出去一下。只是去侦察一番，当我忠实的同伴兼传记作者没在身边的时候，我是不会去冒风险的。你待家里吧，大概过那么一两个小时，你就会再见到我的。万一耽搁了，你就拿出纸笔来，着手撰写我们是如何拯救国家的吧。"

他欢快的心情在我的思想里引起了某种反响，我知道，他对待案件的严肃态度决不会让他做出这种事，除非确实有原因。在十一月的这整个漫长的黄昏，我一直在等待，焦躁地盼望他早点回来。终于，九点钟刚一过，通信员就送来了一封信：

我现在正在肯辛顿，格劳塞斯特路，戈尔丁尼饭店吃饭，请马上到这里来找我。请带上铁橇、提灯、凿刀和手枪。

S·H

对一个体面的公民来说，带着这些东西穿过昏暗的、雾气笼罩的街道，真是妙不可言。我谨慎地把它们裹在大衣内通过这些街道。在这家豪华的意大利餐馆里，我的朋友就坐在门口附近的一张小圆桌旁。

"你吃过东西没有？来和我一起喝杯咖啡和柑橘酒吧。尝一支饭店老板的雪茄。这种雪茄不像人们所想的那样有毒。你带工具来没有？"

"在这儿，在我的大衣里。"

"好极了。让我把做过的事和根据迹象我们将要做的事，简单地给你讲一讲吧。现在，你一定已经明白了，华生，那个青年人的尸体是被放置在车顶上的。当我肯定尸体是从车顶上而不是从车厢里摔下去的这一事实时，这就已经很清楚了。"

"难道不会是从桥上掉下去的吗？"

"我看不可能。如果你去检查车顶，你将会发现它略微有点拱起，并且四周没有栏杆。因此，我们可以肯定地说，卡多甘·威斯特的尸体是被人放上去的。"

"为什么会被放在那儿呢?"

"这就是我们要回答的问题。只有一种可能的方式。你知道地铁在伦敦西区的几个地方是没有隧道的。我模糊记得,有一次我坐地铁,偶然看见外面的窗口就在我的头顶上方。现在假定有一列火车停在这样的窗口下面,把一具尸体放到列车顶上会有困难吗?"

"这看起来太不可思议了。"

"我们必须相信那句古老的格言:当别的一切可能性都已行不通时,那么剩下的一定就是真的,不管它是多么不可能。现在,其他的一切可能都已告吹。当我发现那个刚刚离开伦敦的特务就住在紧靠地铁的一间房子里时,我真是高兴不已,因为我居然看到你对我突如其来的鲁莽举动感到有些惊诧。"

"啊,是这样吗?"

"是这样的。雨果·奥伯斯坦先生,就是住在考菲尔德花园 13 号的那个人,他已经成了我的目标。我在格劳塞斯特路开始工作。站里有一位公务员对我帮助很大。他陪我沿着铁轨走去,并且使我得以搞清楚了考菲尔德花园的后楼窗户是向着铁路开的,而且更重要的是,由于那里是主干线之一的交叉点,列车经常要在那个地点停几分钟。"

"好极了,福尔摩斯!你是对的!"

"只能说到目前为止。目前为止,华生,我们前进了,但离目的地还很遥远。查看了考菲尔德花园的后面,我又去看了前面,那只鸟确实已经飞走了。这是一座相当大的住宅,里面没有陈设,根据我的判断,他住在上面一层的房间里。只有一个随从同奥伯斯坦住在一起,此人可能是他的心腹。我们必须记住,奥伯斯坦已经到欧洲大陆去交易他的赃物了,他还没有任何逃走的想法,因为他没有理由害怕被逮捕,也根本不会想到有人以业余工作者的身份去搜查他的住所。但这恰恰是我们要做的事。"

"难道我们不能申请一张传票,按照法律程序来办吗?"

"证据不足。"

"我们还要干什么呢?"

"我们不知道他屋子里有没有信件。"

"我不喜欢这样,福尔摩斯。"

"亲爱的伙伴,你在街上放哨。让我去干这种犯法的事。现在不是考虑小节的时候。想一想迈克罗夫特,想一想海军部,想一想内阁,想一想那些在等待消息的尊贵人士吧。我们不能不去呀。"

作为回答,我从桌旁站了起来。

"你说得对,福尔摩斯。我们不能不去。"

他跳了起来,握着我的手。

"我知道你最终是不会退缩的。"他说道。在这一瞬间,我看见他眼里闪烁着近乎温柔的目光,以前我从未见过。过了一会儿,他又恢复了原来的样子,老练严肃,讲求实际。

"有将近半英里路,但用不着着急。让我们走着去,"他说,"我希望你别把工具掉出来。如果你被警察当作嫌疑犯抓起来,那可就麻烦啦。"

考菲尔德这一排房子都有扁平的柱子和门廊,是维多利亚中期的出色建筑,它坐落在伦敦西区。隔壁一家,好像是孩子们在聚会,夜色中传过来孩子们快乐的呼喊声和叮咚的钢琴声。四周的一片浓雾以它那友好的阴影把我们遮蔽起来。福尔摩斯点亮他的提灯,让灯光照在那扇厚实的大门上。

"这是一件严肃的事情,"他说,"门肯定是闩上了,并且上了锁,我们最好是到地下室前的空地上去。那一头有一个极好的拱道,以防万一闯来一位过分热心的警察。你帮我一下,华生,我会同样帮助你的。"

过了一会儿,我们两人来到了地下室的门道。我们刚一接近暗处,就听见雾中有警察的脚步声从我们顶上传来。等到那有节奏的轻盈的脚步声消失在远处后,福尔摩斯就开始撬地下室的门。他弯着腰使劲地用力,咔嚓一声,门打开了。我们跳进黑黢黢的过道,回身把地下室的门关上。福尔摩斯在前面引路，我跟着他东拐西转，走上了没有铺地毯的楼梯。他那盏发出黄光的扇形小灯照向一个低矮的窗子。

"我们到了，华生——这肯定是那个窗口。"他把窗户打开，一阵低沉刺耳的吱吱声，逐渐变成了轰隆隆的巨响，一列火车在黑暗中飞驰而过。福尔摩斯把灯沿着窗沿照过去。窗台上积满了火车开过时留下的厚厚的一层煤灰，但有几处的煤灰已被抹掉了。

"你看见他们放尸体的地方了吧。喂，华生！这是什么？毫无疑问，这是血迹。"他指着木质窗框上的一片已褪色的痕迹，"这里，楼梯上也有。证据已经完备了。让我们在这里等着看列车停下吧。"

我们没有等待多久。像往常一样，下一趟列车穿过隧道呼啸而来，到了隧道外面就慢了下来，然后听到刹车声吱吱作响，列车正好停在我们下面。车厢离窗台不到四英尺。福尔摩斯轻轻地关上了窗户。

"到目前为止，我们的看法已经得到了证实，"他说，"你有什么看法，华生？"

"一件杰作，了不起的成就。"

"这一点我不同意。当我想到尸体是放在车顶上的时候——当然，这一想法并不太深奥，其余的一切就是不可避免的了。如果不是因为案情重大，这一点其实并没有多大的意义。我们的面前还有许多困难。不过，我们也许可以在这里发现一些有帮助的东西。"

我们登上厨房的楼梯，走进二楼的一套房间。一间是餐厅，没有几件家具，也没有特别引人注目的东西。第二间是卧房，里面也是空荡荡的。最后的一间看起来比较有希望，我的同伴停下来，进行了系统的检查。这个房间里到处是书籍和报纸，很明显是作为书房用的。福尔摩斯迅捷而有条不紊地逐一翻看每一个抽屉，每一个小柜，但看来没有什么收获，他的脸仍旧紧绷着。过了一个小时，他的工作仍然毫无进展。

"这个狡猾的狗东西把他的踪迹掩盖起来了，"他说，"他没有留下任何犯罪的证据。有可能给他带来危险的信件要么被销毁了，要么被转移了。这是我们最后一次机会了。"

那是一只装现金的小铁盒子，放在写字台上。福尔摩斯用凿子把它撬开。几卷纸放在里面，纸上面是些图案和计算数字，但没有任何文字说明它们涉及的是什么。反复出现的字眼是"水压""每平方英寸压力"等，这些都说明可能与潜水艇有关系。福尔摩斯极不耐烦地把它们扔在一边。匣子里剩下来的是一个信封和几张报纸的碎片。他取出来把它们放在桌上，我一看到他那迫切的脸色，就立刻知道他的希望之星已经升起了。

"这是什么，华生？嗯？这是什么？报纸的广告登载有一系列信息。从印刷和纸张看，是《每日电讯报》的寻人启事栏。登在报纸右上端的一角。没有日期——但信息本身自有编排。这一定是开头一段：望尽快听到消息。条件已谈妥。按名片地址详告。皮尔罗特。

"接下来是：太复杂，不便言说。需做详尽报告。货物交付时即给东西。皮尔罗特。

"第三则是：情况紧急。必须收回要价，除非合同已签。希望来信约定，广告为凭。皮尔罗特。

"最后一则是：星期一晚上九点后。敲门两声。都是自己人。不要过于疑虑。交货后即付硬币。皮尔罗特。

"是一个非常完整的记录，华生！假如我们能从另一端找到这个人就好了！"他坐在那里陷入了沉思，并用手指敲打着桌子。最后他一跃而起。

"啊，或许并不怎么困难。这里再没有什么可做的了，华生。我想我们还是去请《每日电讯报》帮帮忙，然后再结束我们这一天的辛苦工作吧。"

迈克罗夫特·福尔摩斯和雷斯垂德在第二天早餐后如约前来，歇洛克·福尔摩斯把我们前一天的工作给他们讲述了一遍。这位职业警官对我们所坦白的盗窃行为频频摇头。

"我们警察是不能做这种事情的，福尔摩斯先生，"他说，"难怪你取得了我们无法取得的成就。不过以后你要是走得更远，你会发现你自己和你的朋友是在自找麻烦。"

"为了英国、为了家庭和美好——呃，对吧，华生？我们甘愿做国家祭坛上的牺牲者。但你又是怎么看的呢，迈克罗夫特？"

"好极了，歇洛克！太令人钦佩了！但你打算如何加以利用呢？"福尔摩斯拿起放在桌子上的《每日电讯报》。

"你看见皮尔罗特今天的广告没有？"

"什么？又有一则广告？"

"是的，在这里：今晚。同一时间。同一地点。两声敲门。极为重要。与你本人安全攸关。皮尔罗特。"

"真的！"雷斯垂德叫道，"假如他回话，我们就捉住他了！"

"刚开始时我也是这样想的。如果你们两位方便的话，八点钟左右请跟我们一起到考菲尔德花园去走一趟，我们或许会得到进一步的解答。"

歇洛克·福尔摩斯最了不起的特点是，他有能力使他的大脑暂时停止活动。并在他认为自己的工作进展困难的时候，把一切心思都转移到轻松的事情上去。在那难忘的一整天里，他一直在专心致志地撰写关于拉苏斯的和音赞美诗的专题文章。至于我自己，我没有那种超凡脱俗的本领，所以，那一天简直是漫无尽头，这个问题对我们国家关系的重要，最高当局的悬念，我们试图进行的实验的直截了当的目的搅和在一起，刺激着我的神经。直到吃了一顿轻松的午餐，我们终于踏上探险的路后，我才松了一口气。雷斯垂德和迈克罗夫特如约在格劳塞斯特路车站外面与我们会面。

前天晚上我们已经把奥伯斯坦家地下室的门撬开，并一直让它开着，但由于迈克罗夫特·福尔摩斯愤然拒绝——他绝对不爬栏杆——我只好进去把大厅正门打开。大约九点钟时，我们都已经坐在书房里耐心地等候着我们的客人了。一小时接一个小时过去了。十一点钟敲过了，大教堂里有节奏的钟声看来在为我们所抱的希望大唱挽歌。雷斯垂德和迈克罗夫特坐在那里烦躁不安，每分钟都要看两次表。福尔摩斯静静地坐着，一声不响，他的眼睛半闭着，但他的每一个感官都在警觉着。他猛然转过抬起的头。

"他来了。"他说。

有一阵轻轻的脚步声经过门前，然后又走了回来。我们听见外面一阵脚步声，接着是门环在门上重重地敲了两下。福尔摩斯站起来，做了个手势叫我们留在原处不动。大厅里的煤气灯只发出一丁点光亮。他打开外屋的门。当一个黑影偷偷经过他身旁的时候，他把门关上了。

"这边来！"我们听见他说。过了一会儿，我们的客人就站在我们面前。福尔摩斯紧紧地跟在他身后。当这个人惊叫着转身要跑时，福尔摩斯抓住了他的衣领，并把他扔回了屋里。还没等我们的囚徒缓过神来，门已经被关上了，福尔摩斯背靠门站着。这个人打量着他，然后摇摇晃晃，倒在地上失去了知觉。他的宽檐帽从头上掉了下来，他的领带从唇边开始滑开，露出的是留着长长的浅色胡子、清秀英俊的瓦伦丁·瓦尔特上校的脸。

福尔摩斯惊讶地吹了一声口哨。

"这次你们可以说我是一只蠢驴，华生，"他说，"这不是我要找的那只鸟。"

"他是谁？"迈克罗夫特急切地问道。

"这是潜水艇局局长，已故的詹姆斯·瓦尔特爵士的弟弟。没错，没错，我已看见底牌了。他会来的。我想你们最好是让我来查问。"

我们把这个瘫软成一团的家伙放到沙发上。这时，我们的囚徒坐了起来，面带惊恐地环视了一遍，又用手摸了摸他的额头，好像他不相信自己的知觉一样。

"这是怎么回事？"他问道，"我到这里是来见奥伯斯坦先生的。"

"一切都已清楚了，瓦尔特上校，"福尔摩斯说，"一位英国绅士居然干出这种事来，真是出乎意料。不过，我们已经掌握了你与奥伯斯坦全部的交往和关系，你与卡多甘·威斯特死亡的有关情况我们也掌握了。我只能劝你不要辜负我们给予你的一点信任，你必须坦白和悔过，因为有一些细节，只能从你的嘴里才能知道。"

这个家伙叹了口气，用双手蒙住脸。我们等待着，但他仍默不作声。

"我可以告诉你，"福尔摩斯说，"每一个关键的情节我们都已清楚了。我们知道你很拮据，急需用钱，你配了你哥哥掌管的钥匙，你与奥伯斯坦接上了关系，他通过《每日电讯报》的广告栏目给你回信。我们知道在星期一晚上冒着浓雾到办公室去的就是你，不过，你被年轻的卡多甘·威斯特发现，并被他跟踪了。卡多甘·威斯特或许早就怀疑你了。他看到你在行窃，但他不能报警，因为可能是詹姆斯·瓦尔特爵士让你把文件带到伦敦去给他的。他撇下自己的私事，就像一个好公民做的那样，在雾中跟踪着你，一直尾随着你到了这间屋子。接着他干预了你们的交易，然后就发生了那些事。瓦尔特上校，你除了犯有叛国罪，还犯了更为可怕的谋杀罪。"

"我没有！我没有！我向上帝发誓，我没有！"这个可怜的囚徒嚷道。

"告诉我们，在你们把他放在火车车厢顶上之前，卡多甘·威斯特是怎么遇害的？"

"我愿意说，我对你发誓，我愿意说。其他的事是我做的。我坦白。你刚才说的都是事实。我要还股票交易所的债务。我迫切需要钱。奥伯斯坦给了我五千镑。这些钱救了我，使我免于倾家荡产。但是说到谋杀，我和你们一样是清白无辜的。"

"那到底发生了什么呢？"

"威斯特对我早有怀疑，就像你说的那样，他跟踪了我。我到了这个门口，才知道他跟在后面。当时雾很大，三码以外什么都看不见。我敲了两下门，奥伯斯坦来到门口。这个年轻人冲了上来，问我们拿文件想做什么。奥伯斯坦总是随身带着一件防身武器，当威斯特跟着我冲进屋时，奥伯斯坦在他的头部猛击了一下。这一击要了他的命。五分钟之内他就断了气。他躺在大厅里，我们都不知所措。接着，奥伯斯坦想了个主意，把他放到停在后窗下面的列车上。他先检查了我所带来的资料，说其中有三份最重要，他要我给他。'不能给你，'我说，'假如这些资料不送回去，那沃尔威切会闹个底朝天的。''你必须给我，'他说，'因为这些资料的技术性很强，马上复制是不可能的。'我说，'那么，今天晚上一定要全部还回去。'他想了一会儿说，'有办法了。我只拿三份，其余的塞在这个年轻人的口袋里。等他被人发现，账就都算到他的头上啦。'我没有其他的办法，所以就照他说的办了。我们在窗前等了半个小时，这时一辆列车停了下来。雾是那么大，什么也看不见，把威斯特的尸体放在车上毫无困难。和我有关系的事，到目前为止就这么多。"

"那你的哥哥呢？"

"他什么也没有说。不过，有一次我拿他的钥匙，他看见了，我想，他产生了怀疑。我从他的双眼中读出了怀疑。正如你所知道的一样，他再也抬不起头来了。"

屋子里一片沉寂。这沉寂终于被迈克罗夫特·福尔摩斯打破。

"你不能想办法补救吗？这样可以减轻你良心受到的谴责，或许还可以减轻你身体受到的惩罚。"

"我能有什么办法补救呢？"

"奥伯斯坦带着资料到哪里去了？"

"我不知道。"

"他没有给过你地址？"

"他说过把信件寄到巴黎的洛雷饭店，他就可以收到了。"

"那么，能不能补救，就全取决于你了。"歇洛克·福尔摩斯说。

"只要我能做的，我都愿意做。我对这个家伙没有什么好感。是他毁了我，使我身败名裂。"

"这里有纸和笔。坐到桌边来，按我说的写。把信封上的地址写上。对，现在写信：

亲爱的先生：关于我们的交易，你无疑已经发现，仍然缺少一份重要图纸。我有一份复制图可以补足这个缺陷。不过，这件事已给我惹来了额外的麻烦，你必须再付五百英镑。我不相信邮汇。我只要黄金或英镑，别的不要。我本想出国找你，但如果我目前出国，恐怕太引人注目。因此，我希望你于星期六中午来查林十字饭店吸烟室和我见面。记住，我只要黄金或英镑。"

"这太好了。如果这一次抓不到我们所要的人，那才怪呢。"

果然如此！这是一段历史——一个国家的秘密历史。这段历史比起这个国家的公开大事记，要亲切得多，有趣得多——那个奥伯斯坦急于要做成他毕生的这笔大买卖，被引诱入网，束手就擒，他得在伦敦监狱度过十五年。从他的皮箱里找到了无价的布鲁斯—帕廷顿潜艇计划。他曾有计划要在欧洲各海军中心公开贩卖。

瓦尔特上校在判决后第二年年底死于狱中。至于福尔摩斯，他又兴致盎然地着手研究拉苏斯的和音赞美诗了。他的研究文章出版后，在私人圈子里流传着，据专家评说，它是这一方面的权威之作。

过了几个星期，我偶然听说我的朋友在温莎度过了一天，他从那里带回了一枚非常漂亮、惹人注目的绿宝石领带夹。当我问他花了多少钱时，他回答说是某一位殷勤的贵妇送给他的礼物，他曾经有幸替这位贵妇略尽绵薄之力。他没有再说什么。但我想我能够猜到这位贵妇的尊名，并且我一点也不怀疑，这枚绿宝石领带夹将永远使我的朋友回忆起布鲁斯—帕廷顿计划的这一段历险。

鬼足谜案

我经常会把我和我那老知己歇洛克·福尔摩斯先生共同经历过的奇闻怪事记录在案。由于他本人厌恶出风头，所以我在记录过程中经常要面对他给我带来的各种有形或者无形的困难。他性格孤僻，很内向，不合群。他破案后最开心的莫过于把破案结果交给政府的官员，然后带着一丝嘲讽的微笑听着那些不着边际的吹捧。近年来我很少发表案情记录的原因，就是因为他的这种态度，而并不是缺乏有趣的素材。我有幸参加了他的几次历险，这种特权令我不得不慎重考虑，缄默再三。

上星期二，我意外地收到了福尔摩斯的电报——只要有地方拍电报，他从不写信。电报内容如下：

为何不发表科尼什恐怖案？那是我办的最奇特的案件。

我搞不清楚我的这位老朋友怎么会突然想起这起案件的，更不明白他是在回忆往事，使得这件事情又浮现在他脑海里，他想到了什么，竟然愿意我来叙述此事？不过他也许又会发一封电报取消这事，所以我赶紧找出了那个有点灰尘的笔记簿，那上面记录了案件的真实细节，我匆匆忙忙地整理了一下，谨供各位读者一阅。

那是 1897 年春。福尔摩斯由于夜以继日地劳累，原本健壮的身体也渐渐吃不消了。即便这样，他自己还常常随心所欲，这样就使得健康更加恶化了。那年三月，哈利街的摩尔·阿加医生——他和福尔摩斯的第一次戏剧性见面容我日后再叙——严令这位大名鼎鼎的私人侦探丢下所有案件，彻底休息一段时间，如果他还不想一病不起的话。福尔摩斯对自己的身体状况毫不关心，一点也不在意。后来他也意识到如果再这样下去，将来可能真会无法再工作了，这才终于让了步，同意改变一下环境，换换空气。因此，那年早春时节，我们一同来到科尼什半岛，住在半岛尽头靠近波尔杜湾的一幢小别墅里。

这是个奇特的地方，非常适合我那病人冷傲的心境。我们这幢小屋刷得雪白，在绿草茵茵的海岬上高高耸立着。从窗口可以俯视蒙兹湾险恶的半圆形地貌。它那伸出的黑崖和海浪拍打着的暗礁是海船的死亡陷阱，无数水手在这儿送了命。在北风轻拂中，它显得平静、隐蔽，吸引着被风暴颠簸的船只前来休整避风。紧接着，这避风的港湾风向突变，一阵狂风从西南方刮来，拔起船只的铁锚，在激起的滔天浊浪中展开了一场生死搏斗。这邪门儿地方的潜在的危机总是让那些聪明的水手远远躲开。

我们的房子靠陆地这边，也同大海一样，四周阴沉沉的。这一带是连绵不断的沼泽，冷清昏暗，偶尔也冒出一座教堂钟楼，表明这里曾经是古代的村庄。沼泽地上处处留有某一种族的遗迹，这族人早已灭绝殆尽了，唯一能记载他们存在的，是古怪的石碑和埋着死人骨灰的参差土丘，还有能使人联想到史前战争的奇特土木工事。

这地方神秘而富有魅力，笼罩着被遗忘民族的邪恶气氛，激起了我朋友的无限想象力。大部分时间里他都在沼泽上长时间的漫步，独自冥想着什么。古代科尼什语也吸引了他的注意。我记得，他曾经推断它与迦勒底语有着某种联系，这个推断大部分来源于做锡器买卖的腓尼基商人。他通过邮局购买了一批历史比较语言学方面的书籍，准备进一步论证这个推断。这时突然发生了一件事，使我大叹遗憾，却使他喜不自禁。

我发现，即使在这梦幻之地，也有麻烦找上门来。这事远比让我们离开伦敦的原因更加紧迫、更加神秘莫测、更加引人入胜。我们平时简朴、平静而有利于健康的生活被严重地破坏了，我们被卷入了这一系列事件之中。这些事情不仅在科瓦尔地区引起了震惊，而且还轰动了整个英格兰西部。我的读者们对当时被称之为"科尼什恐怖事件"的案子可能还有点印象，不过当时伦敦新闻界对这件事情的报道很不全面。现在，在这起案件过去了十三年后的今天，让我来向各位披露这一起惊人案件的详细情节吧。

我已经说过了，科瓦尔一带散布着很多标志古老村落的教堂钟楼。翠丹尼克·沃勒斯是离我们最近的一个村庄。几百个村民住在这些长满青苔的古老教堂四周，教区的牧师名字叫朗黑。教区牧师朗黑先生爱好考古，所以福尔摩斯才结识了他。他是个神态慈祥、身体发福的中年人，非常喜欢研究当地民俗。他曾经邀请我们到他的牧师住宅喝茶，在他的住宅里面，我们又认识了摩提墨·特瑞根尼斯先生。特瑞根尼斯先生没有结婚，一直独自生活，他在牧师那宽敞而陈旧的房子里租了几间房间，让牧师那不太丰满的钱包增加了点收入。朗黑跟他的房客交情不是很好，但是他愿意租房子给摩提墨·特瑞根尼斯。摩提墨身体十分消瘦，皮肤黑黑的，戴着一副眼镜，一直都弓着身子，给人一种畸形佝偻的印象。我们在朗黑牧师住宅里喝茶的时候，牧师不停地说个没完，但是他的房客却显得格外内向忧郁——他神色凄然、沉默不语，显然沉浸在自己的心事中。

3月16日——星期二那天早晨，我们刚吃完早餐，正在抽烟，准备像平常一样到沼泽地去长途漫步。这时，朗黑牧师和摩提墨·特瑞根尼斯先生神色匆匆地闯进我们的房间。

"福尔摩斯先生，"朗黑牧师的声音异常激动地说，"昨天晚上发生了一件十分奇怪而又凄惨的事情。我从来没有碰到或听说过这种事情，真是天意啊，你刚巧在这种时候在这儿，现在我们是全英格兰最需要你的地方了！"

我有点生气地瞪着这个贸然闯进来的不速之客。但是福尔摩斯却好像一只听到了追捕命令的老猎犬，充满斗志地坐在那里，他把烟斗从口中抽出，移了移身子，从椅子上坐直。他向沙发挥挥手，我们这位惊魂未定的牧师和他那位神色焦虑的房客便一起肩并肩地坐在沙发上。摩提墨·特瑞根尼斯先生看上去要比朗黑镇定些，但从他那颤抖的瘦手和那双发亮的眼睛可以看出他们俩的心情是一样的。

摩提墨·特瑞根尼斯问朗黑："我先说还是你先说？"

福尔摩斯说："嗯，这件事情是你先发现的，不管是什么事情，牧师是从你那儿听来的，所以还是由你来说吧。"

我瞥了他们一眼，看得出来牧师的衣服是急急忙忙穿上的。而摩提墨·特瑞根尼斯却穿戴整齐。他俩听了福尔摩斯简单的推理后表现出来的惊讶神态把我逗乐了。

朗黑说："最好还是我先说几句吧，这样你可以决定是先听特瑞根尼斯先生的详细说明，还是先去案发现场调查一番。我首先说明，我们这位朋友昨天夜里是和他的两个兄弟欧文和乔治以及妹妹布仁姐一起在家里度过的。他们家在翠丹尼克·沃勒斯，就是靠近沼泽地那个古老的石头十字架的那幢房子。十点刚过他就离开了，但他的兄弟和妹妹还在餐桌上玩牌。当时他们的身体很好，精神也不错。他养成了早起的习惯，所以今天早晨还没有吃早饭，他就朝那个方向散步去了。他在路上碰到了里查德医生的马车。里查德医生对他说有人请他去翠丹尼克·沃勒斯看急诊，于是摩提墨·特瑞根尼斯先生就跟他一起去了。等他到了翠丹尼克·沃勒斯村，他立刻发现不对头。他那两个兄弟和妹妹坐在桌边，坐姿和他走的时候一模一样，扑克也还摊在面前，但是蜡烛已经烧到了尽头。布仁姐已经死了好几个小时了，她身边的两个哥哥却坐在椅子上又笑又叫又唱，完全疯了。死了的女人和疯了的男人，三个人的脸上都是十分恐惧的表情，那种惊恐万分的样子让人简直不敢正视。除了老厨娘兼管家潘特太太来过外，没有任何外人来过。她说她整个晚上都睡得很熟，不知道房里发生过什么事情，也没有听到过任何动静。我们根本无法解释到底是什么可怕恐怖的东西，居然吓死了一个女人，吓疯了两个健壮的男人。我除了知道这些情况外，再也不知道其他什么事情了。福尔摩斯先生，如果你能把这件事情查一个水落石出、真相大白，那就是做了一件大好事了。"

我本不想让还没有恢复健康的福尔摩斯参与这件事情的，因为这样对他的健康没有一点好处。但是一看到他那副紧锁眉头、全神贯注的样子，我就知道这是不可能的了。他坐在那里，一声不响地思索着这起离奇的事件。他终于开口说话了："我答应你们，我的朋友，我会调查这件案子的。从表面上看，这起案件的性质的确是非常罕见的。你亲自到了现场没有，朗黑？"

"很抱歉，我没有到案发现场。摩提墨·特瑞根尼斯先生到我家说完这件事情，我就拉着他到你这儿来了。"

"案发现场离我们这儿有多远？"

"往内陆走大概一英里左右吧。"

"那么，让我们一起去瞧瞧吧！不过，出发之前我还要问摩提墨·特瑞根尼斯先生几个问题。"

特瑞根尼斯先生虽然一直都没有开口说过一句话，但是我看得出来，虽然竭力控制自己，心情仍要比那位冒失的牧师激动多了。他坐在朗黑的身边，浑身都很不自在。他的脸色苍白，忧虑的目光一直没有离开过福尔摩斯，他那双枯瘦的手相互交叉在一起，他在听朗黑讲述自己家人惨遭横祸的时候，没有血色的嘴唇在不断地颤抖，目光中折射出对现场的恐惧和惊慌。

"你随便问吧，福尔摩斯先生，"他迫切地说，"说起来真糟透了，但是我会毫不保留地把我所知道的东西告诉你。"

"那你就讲讲昨天晚上的情况吧。"

"好。我昨天晚上在那里和他们一起吃了晚饭，紧接着我又和我哥哥乔治他们一起玩了一局扑克牌，我们差不多是从九点左右打起扑克来的，十点过一刻我就走了。离开的时候，他们还坐在桌边玩扑克，像平常一样愉快。"

"谁开门送你出来的?"

"潘特太太早就睡了,我是自己出来的。在离开的时候我还关上了房门。乔治他们玩扑克的那个房间的窗户都是关着的,不过没有拉上窗帘。我今天早上看的时候,窗户依然是关着的,应该没有人进过房子里面。但是他们就坐在那里被什么给吓疯了,而布仁姐竟给吓死了,她的脑袋还靠在扶手椅上。我一生一世都不会忘记那里面的情形。真是太吓人了,恐怖得让人窒息。"

"照你说的,这起案件确实是非比寻常。你想过这件事的真正原因吗?"福尔摩斯说。

"是见鬼了,福尔摩斯先生,是魔鬼!"摩提墨·特瑞根尼斯嚷道,"这不关凡间的事。有一样东西进入了房内,抹去了他们的理智。人力如何能做到这点?"

"如果真是这样的话,那我也是无能为力了。但是我们还是应该尽力去找真正的原因、真正的作案凶手。不到万不得已的时候,我们不应该接受这样草率的答案。特瑞根尼斯先生,你和你的家人是分开过的吧,他们是住在一起的,而你却另外有房子?"

"喔,我应该事先告诉你,福尔摩斯先生。虽然事情已经过去很久了。我家原来是瑞德路斯锡矿厂的主人,我们后来把厂子卖给了一家公司,卖掉锡矿厂的钱足够让我们再也不用工作了。我并不否认为了分财产我们曾经发生了争吵,有一段时间我们彼此有些隔阂,但是后来我们都原谅了对方,我们都忘了我们曾经不愉快的争吵,我们一家人又和好如初了。"

"你再好好地回忆一下,你们一同度过的那个晚上,看还能想起什么,这或许能够解开这一惨案的秘密。再仔细想想,再回忆一下,我的朋友,还有没有其他有利于我们调查这起惨案的准确详细的线索?"

"很遗憾,我只知道这些。"

"你家人的情绪一直都很正常吗?"

"再好不过了。"

"他们应该不是神经病患者吧?他们有没有早先就表现出了对马上就要来临的危险的恐惧?"

"完全没有。"

"难道你没有其他什么要补充的吗?你难道没有什么可以帮助我的吗?"

他认真思考了一会儿说:"哦,我又想起了一件事情。我们坐在桌边玩扑克的时候,我是背朝窗户的,而我哥哥乔治是面对着窗户的,他是我玩扑克的搭档。有一次我看见他死死地看着窗外,我也忍不住回头往窗外看了一眼。窗户是关着的,窗帘没有拉上,我能够看见窗外草地上的树丛。有一次我看见树丛里似乎有什么东西在动。我不知道那东西到底是人还是动物,但是我的直觉告诉我,树丛里面一定有什么东西。我问他在看什么,他告诉我他也有那样的感觉。这就是我知道的最后一点线索了。"

"你没有出去查看一下吗?"

"没有,我们根本没把这当回事。"

"你离开的时候没有想到其他什么不安全的事情会发生吗?"

"根本就没有想到这些。"

"你怎么这么早就知道了这个消息?"

"早起是我的习惯,我喜欢在吃早餐前到外面散步。今天早上我刚走出门,医生的马车赶上了我。他告诉我老潘特太太让一个少年带来了急信。就这样我上了医生的马车,我坐在他的旁边一同赶往现场。我们到那儿就朝那吓人的房间里看。桌上的蜡烛和炉火早就熄了,他们就那样在黑暗中坐着直到天亮,一直保持着那种姿势。医生说布仁姐死了有六个小时了,房间里面没有任何暴力的痕迹。布仁姐就是那样倚在扶手椅上,恐怖的神情凝固在她的脸上;乔治和欧文不断地哼着听不懂的歌儿，胡说八道着，像两只大猩猩。他们那个样子真让人难受。医生的脸也十分苍白。我不骗你，他差一点就要晕倒在椅子上，要我们去照顾他了。"

"这真是太奇怪了！我不能再坐在这里了。走吧，我们一起去翠丹尼克·沃勒斯村，一起到案发现场走一趟吧，这可是我第一次碰到的刚刚开始就这么出奇的惨案。"福尔摩斯边说边从桌子上拿起了帽子。

第一天上午的调查我们什么线索也没有得到。不过那天一开始我们就碰到了一件怪事，它使我们有种不祥的预感。去案发现场的路是一条乡村小路。我们在小路上走着，这时听到后面有辆马车驶过来的声音，于是我们为马车让了道。马车从我们身边经过的时候，我往关着的车窗看了一眼，这时我看见了一张凶恶的脸正在盯着我们。那双瞪着我们的恶毒眼睛以及那张万分恐怖的面孔像恶鬼一样从我们的眼前一晃而过。

"我的兄弟！"摩提墨·特瑞根尼斯喊道，"这一定是要把他们送到黑尔斯敦去！"

我们惊慌地目送着那辆黑色的马车慢慢离去，然后我们继续往前走，赶往出事现场。

这是一座豪华的大宅院，它不像一般的民房，更像是别墅。屋旁的花园大得出奇，在科尼什的春天里它已经开满了鲜花。客厅的窗户对着花园。按照摩提墨·特瑞根尼斯所说的，那恶魔应该是从花园过来的，用无比的恐怖瞬间夺去了他们的理智。我们走进了门廊里，福尔摩斯在花坛中和小道里若有所思地慢慢踱着。他是那么出神，以至于踩翻了洒水壶都不知道，他的精神太集中了。水洒到园中小径上，打湿了我们的脚。福尔摩斯仍然在思考着他的问题。我们走进屋后，潘特太太接待了我们。她是管家，还有一个小姑娘当她的助手。她很乐意回答福尔摩斯的所有问题。她说她一直都睡得很熟，没有听到任何动静，那天晚上什么也没有看见，对那天晚上的事一无所知。她的主人们近来身体一直都很好，早晨她推开门的时候，看到桌旁那个恐怖的场景时简直吓得命都没了。她先推开了窗户，然后才跑到门外，到村里找了一个少年吩咐他尽快去请医生来救命。她再也不敢到那个恐怖的房间去了。用了四个大汉才把那两兄弟弄上了疯人院的马车，潘特太太再也不愿意在这个凶宅待下去了，她说她下午就要回圣·艾弗斯她原来的家里。

我们上楼查看了尸体。布仁姐·特瑞根尼斯小姐虽然已经死去了，但她的外貌依然非常美丽，她的整张脸长得十分精致；只是脸上还保存着恐怖的神态，那是她在生命的最后时刻表现出来的神情。我们又回到了客厅里，惨案就是在这里发生的。宽大的壁炉里还残留着昨晚烧过的灰烬。桌上散放着纸牌，四支蜡烛已经燃尽。除了椅子被摆回到墙边外，其余的摆设仍然是出事那天晚上的样子。福尔摩斯在客厅里小心翼翼地走来走去，他非常谨慎地在那几张椅子上坐了几下，然后把它们挪出来又搬回去。他试了试能看见花园多大的地方，又非常仔细地观察了地板、天花板和壁炉。但是我没有看到他眼睛突然发亮、眉头紧皱、嘴唇紧闭的神情。他出现那副模样就是说明，他在漆黑一片中看到了一线光明。

"怎么会生火呢?"有一次他问道，"他们在这样季节的夜晚，在这么一个小房里也总是燃着壁炉吗?"

摩提墨·特瑞根尼斯回答说这个地方一到晚上就阴冷潮湿，所以他来之后就把壁炉里的火生起来了。

"你发现了什么线索没有，福尔摩斯先生?"他忍不住问了一句。

福尔摩斯微笑着把手搭在我的肩膀上，说："华生，你经常批评我吸烟吸得太厉害，但是我已经养成了思考问题必须吸烟的习惯。我们还是回去吧，回到我们的房间里面去。"

他又说，"各位，在这里看来不会再发现什么新线索了。如果你们同意的话，那我们就告辞了，我和我的朋友华生先走一步。我答应了你们，我会全心全意去调查这件事情的，特瑞根尼斯先生，如果我们有了最新的发现，我会马上告诉你和朗黑牧师的。好了各位，再见。"

我们回到别墅里，福尔摩斯还在全神贯注地沉思。他躺在扶手椅上，烟斗叼在嘴边，烟雾缭绕，憔悴严肃的面孔藏在烟里，都快看不见了。他那张疲惫庄重的脸，一直眉头紧锁、额头紧皱，两只眼睛全神贯注地凝望着远方。他这种姿态保持了很长一段时间后，终于放下了烟斗，从椅子上一跃而起说："这样下去是不行的，华生。我们不能老是待在这里，在这里极有可能弄乱我脑子里的线索。我们还是到外面去走一走吧！悬崖是一个不错的地方，我们去那里放松一下紧张而又疲倦的大脑吧。在那里我们能够看到汹涌澎湃的海浪、狂暴的海风以及其他我们没有见过的东西，这样不是很好吗？"

我们刚刚在悬崖上绕了一圈，他就又开始了刚刚才结束的话题，"趁这个头脑清醒的机会，我们不妨冷静地分析一下眼前的情况吧。华生，我们必须整理我们已经掌握的线索。这样，只要一有新线索，我就可以马上将它们对号入座了。要确定的第一点是：我们根本就不相信魔鬼闯入人世间的荒诞说法。我们必须把这个说法排除。现在有三个无辜的人遭到人为的伤害，这是有证据的。这个惨案是在什么时候发生的呢？如果摩提墨·特瑞根尼斯先生没说错的话，那也就是说在他刚离开的时候惨案就发生了。这一点至关重要。假定案发的时间是他走后的几分钟，这也有可能。纸牌还摊在桌上，早已经过了他们平常睡觉休息的时间，但是他们并没有改换姿势，也没有把椅子放回到原来的位置。确定一点，案发时间在那天晚上十一点左右，他离开的时间也就是在十一点左右。"

他又紧接着说了下去，"接下来的事情就是我们要查清楚摩提墨·特瑞根尼斯先生离开房间后的行踪。我今天在花园里观察的时候特地踩翻那个洒水壶，这样就很方便地取到了他的脚印，比别的方法管用多了。湿润的沙地上留下了他清晰的脚印，你别忘了，昨天晚上沙地也是湿润的，我很容易就辨出了他的脚印。并从他的脚印步行方向发现了他的行踪。他好像是急匆匆地往牧师住宅方向走去的。

"假设摩提墨·特瑞根尼斯不在作案现场，而是另外有一个人惊扰了正在打扑克的人，那么这个人又是谁呢？这种恐怖的印象又是如何造成的呢？首先我们可以排除潘特太太，很明显她不是杀人凶手。那么会不会有人爬到花园对面的窗户上，通过某种方法制造了恐怖效果，让看见的人精神失控呢？这方面的唯一线索是摩提墨·特瑞根尼斯提供的。他说他哥哥看见花园有什么东西在走动。这就奇怪了，因为那天晚上下了雨，云也浓，夜黑得很，要想惊动屋里面的人就必须把脸紧贴在窗户上，才能让里面的人看见。这扇窗户外面有三英尺宽的花坛，但是在花坛上没有留下任何脚印。我们很难想象这个凶手用什么方法制造了那种耸人听闻的恐怖印象，而且我们也没有发现什么迹象能够说明这种煞费苦心的杀人动机。你现在应该清楚我们目前的处境了吧，华生？"

"我非常明白。"我确信不疑地回答。

"但是，如果我们再多一些线索，情况或许会好得多。"福尔摩斯说道，"我想，华生，在你那些千奇百怪的案件记录中可能也找不出和这个一样模糊不清的案子吧。既然这样，我们先暂时不管这件案子，等我们有了更充足的线索再来研究吧。让我们在剩下这一点美好的上午时光里去找找新石器时代的人类遗迹吧。"

我本可以品评一番我朋友超然的思想能力，可在康沃尔这个春天的上午，他花了两个钟头去谈论那些石凿、箭头和碎瓷片，表现得十分愉快和欣慰，好像把这件惨案完全忘记了。我搞不懂他这样做的真正目的。我们重新回到小屋的时候，我们看到了屋里有一个客人在等我们。他的存在马上把我们的思路又拉回眼前这个案件里来了。他身材高大，五官端正，头发已经全白了。他脸上的皱纹比他的白头发还要多，一双恶狠狠的眼睛，鼻子是鹰钩鼻，唇边胡须变白了，须端却是金色的。由于抽了太多雪茄烟，在嘴角边留下了烟斑。在伦敦也好，在非洲也好，这一切都是闻名遐迩的，这非凡人物只能是伟大的猎狮人、冒险家里奥·司登戴尔博士。

我们以前听说过他在这一带，也有那么一两次在沼泽地的小路上看见过他。他一直独来独往，我行我素。这跟他的性格有关，他是一个甘愿寂寞的人。除了旅行之外，他一直都把自己藏到没有人烟的布尚·阿里昂斯森林里的一间小木屋里面。在书和地图的陪伴下过着绝对隐居的生活，只专心于自己的简单要求，对邻居的事从不过问。因此，我们都不知道他的近况。至于他的突然来访，我们也弄不清他的真实来意。他的解释让我们对他有了一点了解，他对我们说："你们别这样吃惊，我绝没有其他意思。我忘了告诉你们，我是这个地方的常客。我的母亲是科尼什人，按照辈分排下来，我和乔治·特瑞根尼斯还是表兄弟呢！他们的不幸就是我的不幸，我必须来看看情况。虽然我一直一个人独来独往，但我和他们还是亲戚，我们小时候非常要好。我本来已经到了普利茅斯，打算从那儿去非洲，但是今天早上得到了这个消息，又赶回来看看我能不能帮助你们。"

福尔摩斯问他："这会耽误你去非洲旅行的，你不在乎吗？"

"我不在乎，我可以搭下一班船。"

"我想乔治和欧文以及死去的布仁姐会感激你的。"

"但愿如此。我跟你说过我们是亲戚。"

"不错，是你母亲的亲戚。你的行李都搬到船上去了吗？"

"有些上了船，不过主要行李还在旅馆。"

"明白了。不过，这事大概还不可能就上了普利茅斯晨报吧。"

"没有，先生，我收到了封电报。"

"我可以问问是谁发的吗？"冒险家憔悴的脸上闪过一丝阴影。

"你可真能刨根问底呀，福尔摩斯先生。"

"对不起，我想我应该问这个问题。"

司登戴尔怒视着福尔摩斯，但他最后还是心平气和了下来。因为福尔摩斯的眼神确实比他怒视别人更有震慑力，司登戴尔不得不佩服福尔摩斯洞察秋毫的能力。但是他仍然不愿意放下他那副高傲的架子。他口气很粗鲁地说："我愿意告诉你，福尔摩斯先生，电报是朗黑牧师发给我的。我接到他的电报就马不停蹄地赶了回来。"

福尔摩斯说："非常感谢，司登戴尔先生，有你的帮助，我想这个案子应该会真相大白的。我希望你能够一直帮助我们，直到这个案件最后结局。现在我还不能为这起惨案画上圆满的句号。"

"先生，以你的能力，现在应该有了一个主要的怀疑对象了吧？"

"很抱歉，我想我有权暂时不告诉你。"

"那么我白费了时间，没必要再坐下去了。"这位大名鼎鼎的博士怒气冲冲地大步走出了屋子。他刚走出小屋几分钟，福尔摩斯立刻就跟了出去，直到晚上才回来。只见他步履蹒跚，神色疲惫不堪，我便明白他的调查又没什么进展。一封寄给他的电报，他只略看了看就扔进了壁炉。

"是从普利茅斯饭店发来的，华生，"他说，"我刚刚到了朗黑牧师那儿向他打听了一下里奥·司登戴尔有关电报的事情，朗黑牧师证实了司登戴尔的情况属实。他的确要去非洲旅行，他一接到朗黑牧师发给他的电报，就推迟了他的旅行计划，亲自跑来了解案情的调查情况。你怎么看，华生？"

我说："司登戴尔很关注这件事情，并且有不查出案件凶手就誓不罢休的决心。"

"非常关注？不错，你说得很正确。还有一点线索我们一直没有掌握，一旦掌握，事情就好办多了。努力一点，让我们再努力一点。华生，我们就差那么一点线索没有掌握，一旦掌握了，我们会很快解释这些难题的。"

我相信我朋友福尔摩斯的能力，他一定会有办法成功地破获这起案子的。但没想到事情竟然会变得更加离奇可怕。第二天早晨，我还在窗口剃着胡子，就听到一阵急促的马蹄声，我忍不住往外一看，是辆马车急驶而来。马车在我们门口停下了，朗黑牧师从马车上跳了下来，冲进花园。福尔摩斯早已经穿好了衣服，我们急忙下楼去迎接他。

朗黑激动不已，话都快说不清了。我们拍了拍他的肩膀，示意他别激动，有的是时间。但是这样反而让他更激动了，我们也拿他没有办法。他说："不好了，不好了，真的有魔鬼，福尔摩斯先生！我可怜的教区让鬼缠住了！是撒旦自己在这儿横行霸道！我们现在都成了魔鬼撒旦的牺牲品了。"朗黑仍然是那么急，我们看到他的眼睛越睁越大了，我们看到这个情形，就知道他等下要讲述的事情很可怕。

这个消息的确很吓人。朗黑说："摩提墨·特瑞根尼斯先生昨天晚上死了，他死的样子跟他的家人死时一模一样。"福尔摩斯的眼睛睁大了，这个消息让他紧紧皱起了眉头，他的脸色也难看了起来，又是一件棘手的惨案。

"你的马车坐得下我们吗？"福尔摩斯急切地问朗黑牧师。

"能！"朗黑也像福尔摩斯那样急切。

"好，华生，我们先暂时委屈一下我们的肚子吧。牧师，我们赶快到案发现场吧，原始的案发现场能够帮助我们发现原始的作案动机。"

摩提墨在朗黑的教堂住宅里租了两间房子，一上一下，都是在拐角处。楼下是客厅，楼上是卧室。从房间里面可以看到外面的槌球场，球场一直延伸到窗下。我们是最先到达案发现场的，警察和法医可能还在路上，一切都是案发时的原样。那个雾气沉沉的三月的早晨，我永远也无法从脑海中抹去。

摩提墨的卧室里森然恐怖，死气沉沉。第一个进房的仆人已经打开了窗户，不然会让人更加难以忍受。桌子中央的油灯仍然亮着，房间里面烟雾缠绕，恐怕这也是房间闷人的原因之一。死者坐在桌边。他的身体向后倒在椅子上，稀疏的胡子翘了起来，也像尸体那样僵硬。眼镜已经推到了额头上，那张黑脸正面向窗外，五官扭曲成一团，恐惧的神态和他妹妹死时一模一样。尸体又冷又硬，手指蜷缩。他穿戴整齐，不过看上去似乎是匆忙穿上的。我们看得出来，他曾经睡过觉，惨案是在天快要亮的时候发生的。

福尔摩斯一到案发现场就进入了侦探的角色，刹那间，他像猎犬一样机警，他那双闪闪发光的眼睛，表明他已经发现了可疑的线索，他面无表情，四肢却激动得颤抖不已。他跑到外面的草坪上，又从窗口爬进房间；他一会儿在屋里走来走去，一会儿又跑到卧室，活像只猎犬冲出去掀开了隐蔽物。他用最快的时间检查了卧室里面一切值得可疑的地方，然后推开窗户，仔细嗅了嗅，又朝外面张望了一番。很明显，他发现了更重要的线索，他愉快地呼叫了一声，跑到了楼下，从开着的窗子跨出去，趴在地上把脸紧贴着草坪，似乎在聆听什么声音，紧接着他又一跃而起，再一次钻进了卧室里。他的脸上已经有了微笑。调查结果肯定让他非常满意。他仔细地检查了那盏很普通的油灯，还量了量灯座的大小，他用放大镜仔细察看盖着灯罩口的云母板，非常小心地从云母板上刮了一点灰烬，装进他随身携带的一只信封里，折好后又把信封夹进了笔记本里面。过了不久，警察和医生来了，福尔摩斯已经干完了他的初步工作，我们和牧师一起来到了外面的草坪上。

福尔摩斯笑着说："进展得还算顺利，我在这里多少不太方便，不然让那些警察的脸往哪儿搁呢。朗黑牧师，如果你能替我向警官致意，告诉他留神卧室窗户和起居室的灯，我将不胜感谢。这两者是整个案子的重要突破口，如果能将二者联系起来差不多就能下结论了。如果他们愿意进一步了解情况，我会在我们的房间里恭候他们的大驾。不多说了，我现在该回去了，华生，我们走吧。"

过了两天，警方没有任何进展。他们也没有来找过福尔摩斯。或许警方对一名业余侦探插手这件事感到很气愤；或许警方自以为已经有了破获这宗惨案的重要线索吧。在这两天里，福尔摩斯有时在房间里边抽烟边思考，有时自个儿到乡间长途漫步。回来后他对去了哪里一字不提。他在房间里做了两个实验。做第一个实验时，他买了一个和摩提墨·特瑞根尼斯先生遇害的房间里点着的一模一样的灯。他在灯里加满了油，油也是牧师住宅里用的那种油，然后小心地记下了灯油烧完所需要的时间。第二个实验很恐怖，我和福尔摩斯都参加了，现在我回想起来仍是不寒而栗。

那天下午他对我说："还记得吗？华生，我们调查了很多线索，其中有一点是相同的，那就是第一个进房间的人对房间里空气的反应。当时摩提墨·特瑞根尼斯在讲述他最后一次到他兄弟家里的情景时，他不是说过医生一进房间就倒在了椅子上吗？让我们再回忆一下潘特太太，她也说过她一进屋后就晕倒了。她是醒过来后才开的窗户。这次是摩提墨·特瑞根尼斯自己的房间。虽然仆人在我们进房间之前就打开了窗户，但是谁也不会忘记刚进去的时候那种让人难受的气味吧？我特地问过那个仆人，他后来也感到很不舒服，不得不去床上休息。这已经再明显不过了，关于这一点，我敢肯定，前后两个案子都有毒气的痕迹，以此类推，我们能够掌握的重要线索是这两个案子都有东西在燃烧，前面一个案子是壁炉，而现在这个案子是灯。炉子是非生不可的，但是点灯——比较一下耗油量就清楚了，很明显摩提墨是特地点上灯的，而且是在天亮后才点上的。这是为什么？燃烧、令人窒息的气味、被害人的精神失常和死亡，这三者间的联系不就很清楚了吗？"

"你说得没错！"我很欣赏也很佩服他的严谨推理。

"最起码这种假设是成立的。由此，案子也越来越清晰了，事实上，肯定有什么东西在燃烧后产生了让人中毒的奇怪气体。在乔治·特瑞根尼斯那个案子里，这种有毒的物品是放到火里面烧的。虽说窗子关上了，但火烧出的烟有些进入了烟囱，所以可以判断第一件惨案的毒气没有第二次惨案浓重，要知道后面这个案子里，毒气根本排不出去。正因为如此，我们又可推断出，第一案中死的只是那女人，可能是女人肌体格外敏感吧，而她的兄弟们则是神经系统遭受了破坏。在第二桩案子中，毒气的效果显然已经发挥到了极致。所以看来事实证明是毒物燃烧引起的中毒。

"我特别留意摩提墨·特瑞根尼斯的房间，想找到那种物质残留下的东西。事实上，我比较幸运，很明显要找的地方是云母挡板或是油灯的防烟罩。果不其然，在它们的上面，我发现了一些片状的灰烬，在边上还残留了一圈没有烧完的棕色粉末。我特地用信封装上了一半。"

"干吗只装一半呢，福尔摩斯？"

"我不是说过吗，警察也在调查这起案件，我总不能便宜占尽吧。我把我发现的线索和证据都留给了他们，这下就看他们的本事了。如果他们不那么马虎大意的话，云母板上残留的毒药，他们应该不会放过。好了，华生，我的朋友，我们现在要冒一点险，我们要把毒药放在油灯上烧，我们不要那么玩命，应该事先做好保护措施，先打开窗户吧，上帝还不想让我们这么早就和他见面呢。你就坐在窗下那把靠椅上吧，除非你想做个聪明人，不理这事。哦，你会干到底的，对不对？我想我是了解我的老伙伴的。这张椅子我就放在你对面，这样我们面对面坐着，和毒药的距离也是一样的。房门就半开着吧。现在我们互相看着，要是发现情况不对，就立刻停止实验。好了，开始吧。我先把药粉从信封里倒出来，把它们撒到点亮的灯上。嗯，我们就老老实实地坐在这里拭目以待吧，仔细瞧瞧，会有什么东西或者会有什么现象发生。"

那些药粉刚一放上去，就燃烧了起来，我还没有坐下去，一阵浓浓的猛烈麝香味就袭进了我的鼻孔里。我小心地吸了一下，立刻就感觉不妙，我的脑海立即翻涌起来，厚厚的黑云在我眼前旋转。我此时此刻的大脑还是清醒的，我敏锐地感觉到了。出现在我眼前的浓密乌云，在它的深处，一定掩饰着世间从未出现过的恐怖物体，也许就是一些人们想象不到的怪兽或者魔鬼吧。我知道乌云在逼近我的同时，那些危险恐怖的东西也正在向我逼近，这是一件意想不到的灾难，我此时此刻已经像死去的布仁妲、摩提墨·特瑞根尼斯那样身临其境了。我想我现在唯一能够做的就是束手待毙了。我的视野定格在门口，一个难以形容的黑影，正在渐渐向我靠拢，我感觉到它的存在；它的出现，使我的意识完完全全被它控制住了，我明显地感觉到，我的脸庞正在发生很大的变化，首先是眼睛凸出，然后是鼻子歪曲，嘴唇僵硬，口张得很大，脸颊表面像波浪一样起伏不定。我的大脑开始混乱起来，我感到那个黑影已经潜入了我的身体。我竭力叫喊，依稀听到我发出的嘶叫声，那声音却离我很远。这时我极力躲开这一切，冲破了那绝望的乌云，我看到了福尔摩斯的面孔——惨白、僵硬、布满恐惧，神情同我曾见过的那些死人的一模一样。看到这景象，我顿时清醒过来，恢复了力气。我大步奔向福尔摩斯，抱住了他的手，一起跌跌撞撞跨出大门。我们一同倒在屋外的草坪上，紧挨着躺在一块，阳光照着我们，驱赶着曾围住我们的地狱一般可怕的乌云。慢慢地我们心灵中的乌云散去了，平静和理智也回到了我们心中。

又过了一段很长的时间，我们从草地上坐起，擦了擦冷汗淋漓的前额，互相看着。福尔摩斯对我说："亲爱的华生，我明白我现在说最好的感谢之辞都表达不了我对你的感谢之情，做这种实验对实验者本人来说也是不合理的，对朋友来说更是双倍不合理。很对不起，希望你能够原谅我。"

我为福尔摩斯的真诚和执着而感动，我对他说："我们是朋友，你知道的，亲爱的福尔摩斯，能帮助你是我最大的快乐和荣幸。"

福尔摩斯的脸上总算有了一点微笑，他笑着说："这个恶魔简直比恶魔还要恶魔，说来就来，我们还跟它打了一声招呼，它却连招呼都不打。真是目中无人啊。"

说完，他又冲进了屋子，紧接着用最快的速度跑了出来，右手多了一盏还在燃烧的灯，他尽量让那盏灯远离自己，他把它熄灭了，然后扔到了荆棘丛里。福尔摩斯说："我们得让屋子换换空气。我想，华生，你对那些悲剧是怎么发生的，不会再有疑问了吧？"

"绝无疑问了。"

"但是杀人动机我们还是不大明白。不过不要紧，我们对这两起案件的掌握程度不同于当初我们接手时的样子了。经过各方面的深入调查，我现在要对前面一宗惨案下一个结论。前面那宗惨案跟摩提墨·特瑞根尼斯有很大的关系，说白了，第一宗惨案的凶手就是摩提墨。他在为我们提供线索的时候，曾经提到过他和他的兄弟们因为家产的事情而大吵了一架，他自圆其说地不断重复强调说后来他们又和好如初了，但那一场争吵到底有多么激烈以及他们到底最后和好的程度如何只有上帝知道，我想我们也不能以貌取人，但是他留给我的第一印象是多么阴险啊。还有，他还曾经向我们提供了花园里有动静的虚假线索，也就是他提供的这一虚假线索骗过了很多人，那里面也有我。如果我当时仔细再想一想就会发现，不是他在离开的时候，把毒药丢进壁炉里，那还会是谁呢？他一离开，惨案就发生了，如果有别人进来，他的家人自然会站起来。要知道，在科瓦尔，晚上十一点后，只有上帝才会再次出现在别人家里。各种迹象都证明摩提墨·特瑞根尼斯就是杀人凶手。"

"但是他的死又是怎么一回事呢，难道是自杀？"

"嗯，从表面上看，这种假设有一大半是成立的。把自己的亲生兄弟姐妹害死，内心里所要承受的心理压力要比杀一个陌生人要沉重得多。他的负罪感会让他这么干的，但是我们有确凿的证据否定这点。上帝为我们安排了一个证人，我已约好了他下午在这里见面的。到时候，我们就能从他嘴里听到事实真相了。咦，他竟然提前来了。来吧，里奥·司登戴尔先生，我们在这儿，草坪上。我们刚才在屋子里做了个化学实验，所以只能在草坪上接待你了，请原谅。"

里奥·司登戴尔已经走到了花园的门口。他推开了门，他的身影又一次出现在我们的视野里，他惊讶地朝我们坐着的粗石凉亭走来。

里奥·司登戴尔一见面就说道："一收到你的信，我就赶来了。不过我真弄不懂我为什么要听你的指挥。"

"你的到来会让我们茅塞顿开的，案件的真相大白，在不久的将来就要公布了，真为你的到来感到高兴。很抱歉我们对你的失礼，尤其在室外的草坪上。也就是刚才的时候，我和我的朋友华生就差那么一丁点就又为科尼什惨案增添了新的一章。我们必须承认，室外的空气要比屋里的新鲜多了，接下来我们要探究的事情和你有千丝万缕的联系，只有我们三个人知道，除了上帝。"

此时司登戴尔的脸色明显地变得凶狠起来，"福尔摩斯先生，我不明白，你要说些什么与我密切相关的事？"

"谋杀摩提墨·特瑞根尼斯！"福尔摩斯冷冷地说道。

当时我为我自己没有随身携带护身武器而感到后悔。司登戴尔已经愤怒得差点要活活吞掉我的朋友了，这样的动作我是第一次见到。但是他还是抑制住了自己张开嘴巴要咬福尔摩斯的动作，他又恢复了原来的样子，非常深沉，在深沉的另一面，我们明显地感受到他真正的内心动作。

"我一直生活在森林深处，常常随心所欲，我行我素，有时候控制不住自己的感情，这似乎成了我的习惯。你别担心，理智还在我的大脑里保存得十分完好。福尔摩斯先生，你千万别忘了这点，我不会对你有所威胁的。"

"你应该清楚，我也不会恶意地威胁你，司登戴尔先生。当我知道摩提墨惨案的杀人凶手是你的时候，我不叫警察去逮捕你，而是另外派人送信给你，请你来我这里，这难道不能证明我的善意吗？"

在这个时候，司登戴尔明显比刚才老实温和多了。他喘着粗气坐下了，也许是他历险生活中第一次给吓住了。福尔摩斯点上了烟斗，烟雾慢慢飘出，也正像每个人的心事一样正渐渐舒展开来。

"我不知道你都说了些什么，你到底想要说什么？你别以为我会被你吓唬住，我们别拐弯抹角了，你直接说吧，你想干什么？"

"我会告诉你的，"福尔摩斯说，"之所以要告诉你，是因为我希望你能开诚布公。我下一步要采取的举动完全取决于你怎么去为自己辩护。"

"为自己辩护?"

"是的,先生。"

"我为什么要辩护?"

"对你谋杀摩提墨·特瑞根尼斯的指控辩护。"

"你在胡说八道!福尔摩斯。"

"我为你的狡辩感到伤心和难过。"

"我狡辩了什么?"

"你是要我再重复一遍吗?你这个谋杀摩提墨·特瑞根尼斯的凶手。"

司登戴尔用手帕抹了抹前额。"说真的,你在逼我,"他说,"你就是靠这种不遗余力的恐吓来取得成功的吧?"

"既然这样,那就让我替你说出你整个作案的过程吧。我掌握了证据,才这样有恃无恐地请你来的,是怎么一回事就是怎么一回事。你放弃了去非洲旅行,但你却把大部分财物运往非洲,你这个线索提供得非常好,这是我第一次想到你会成为我解开惨案之谜的人。"

"福尔摩斯先生,你难道还想让我向你解释我不去非洲旅行的理由吗?"

"不用了,谢谢,你再怎么解释也没有用了,事实就摆在眼前,大家都心知肚明。你来我这儿问我谁是主要怀疑对象,我没有回答你。你无功而返,走出我的房间时,并没有马上去自己的住处,而是特地去了一趟朗黑牧师的住宅。对不对?"

"你是怎么知道的?"

"因为我跟踪你了。"

"但是我没有发现你跟踪我。"

"我跟踪你是不会让你看到的。你回到家里一夜都没有睡好,你在那天夜里策划好了谋杀摩提墨的各种细节。第二天一大早就去实施这些计划了。你在天亮的时候走出家门,在大门口的石子堆上捡了几粒微红的放进口袋里。"

司登戴尔听福尔摩斯说到这里时已经是万分恐慌了。

"紧接着你飞快地走了一英里,来到了牧师家。你瞧!你的鞋到现在都还没有换掉,你的胆子可真不小。到了牧师的住宅后,你立刻穿过了花园和屋子四周的篱笆,走到了特瑞根尼斯住的窗户下。那时天已经大亮了,但是屋里的人都还没有起床。你就用口袋里的石子扔窗户,希望摩提墨能够醒来。"

司登戴尔猛地跳了起来。"活见鬼!你是撒旦本人吗?"他怪叫了起来。

福尔摩斯对他这句夸奖之词付之一笑。他接着说:"你扔了两三把石子才把摩提墨叫醒来到窗前的。你让他下楼。他匆匆穿上衣服,来到楼下客厅。你从窗子进到屋里,你们见面的时间不长,你在屋子里一直来回走动。接下来你就走出了客厅,而且把客厅关得非常严实。你站在外面草坪上抽雪茄,等待摩提墨·特瑞根尼斯断气。没过多久,他就死了。你这才沿着来路离开了。事情真相就是这样,不是吗?到如今这个地步,你还能隐瞒什么呢?你为什么要杀害摩提墨·特瑞根尼斯?你可别再欺骗我的眼睛,要是这样的话,下次将有一个警察站在我身旁。"

福尔摩斯逐一道出了他的作案过程,现在他脸上一片死灰。他把头深深地插进了他的双手里,犹豫了一会儿,突然,他冲动地从怀里取出了一张照片,丢在我们的面前。

"为了她,我杀掉了摩提墨。"司登戴尔痛苦地说。福尔摩斯把那张照片捡了起来,这是一个美丽女人的半身照。

"这不是布仁姐·特瑞根尼斯吗?"福尔摩斯惊讶地说道。

"是的,正是布仁姐·特瑞根尼斯。"司登戴尔说,"这些年来,我一直把对她的爱埋在心里,她也是这样对待我的。很多人不明白我为什么要在科尼什隐居,这就是其中的秘密。这样我和她的距离才能够拉得更近。但是我没有办法娶她,因为我早已经结婚了,我的妻子在很早以前就丢下我走了，但是英国的法律是绝对不允许我离婚的。布仁姐和我一直都在痛苦地等待着对方，但没有想到，她却被摩提墨给杀害了。"

他悲痛地呜咽着，魁伟的身躯不住地颤抖，他的手在花白的胡子下紧紧地掐着喉咙。接着他费力控制住自己，继续往下说："朗黑牧师非常了解我和布仁姐的苦恋，我很信任他。他经常告诉我布仁姐的近况。布仁姐刚一遇害，他马上就给我发了紧急电报。我一得知我心爱的女人遇害，就什么都不顾了。我是回来为她报仇的，我的杀人动机就是这样，福尔摩斯先生。"

"继续说下去吧！"福尔摩斯说。

司登戴尔先生从他的口袋里取出一个小纸包，放在我们的面前。纸包外面写着"Radix pedisdiaboli"，下面用红笔画了一个剧毒符号。他特地把那包东西推到我的面前，对我说："你是医生，你以前听说过这种药剂吗？"

我看了那一行英文，它的意思是魔鬼脚跟。我回答："魔鬼脚跟？我从来没有听说。"

"这很正常，这种东西的确是世界上稀少的东西，并不是华生先生孤陋寡闻。我相信，除布达的一个实验室有它的样品外，欧洲再没有这种药剂了。药典和毒药学文献上都没有记载。这是一种植物根茎，一头像人脚，另一头则像羊蹄，所以一位研究植物的传教士给它取了这么个怪异的名字。这个名字虽然怪异，但却十分恰当。非洲西部有些地方的巫医把它当作考验品，以裁决人们是否有罪。这种东西还是我在乌班吉的一次非常特殊的情况下得到的。"

司登戴尔说完就打开了那个纸包，纸包里包着一些棕红色粉末。

"说下去，司登戴尔先生。"福尔摩斯追问。

"接下来就发生了本来不该发生的惨剧。福尔摩斯先生你已经为这两个案子下了结论，我就把一些鲜为人知的前因后果说出来吧。我和布仁姐是亲戚。因为我深爱着布仁姐，所以我跟他几个兄弟关系不错。摩提墨因为分家产而和他的家人大闹了一场，我就没有再和摩提墨来往了。后来听说他们又和好如初了，我也就继续和他有那么一点象征性的来往。他这个人狡诈阴毒、诡计多端，有几件事让我对他起了疑心，不过没什么理由去跟他公开翻脸。

"在两个星期前，他一个人来找我。在我的住所，我向他展示了一些我从非洲带来的奇珍异品，在那些珍稀的东西里面就有魔鬼脚跟。我不经意地向他透露了魔鬼脚跟毒粉的奇异特性，我跟他讲述了它的功能，它能够调度人的中枢神经系统，只要毒性一发作就能够使人神经错乱甚至置人于死地。我告诉了他非洲部落的祭司拿它去裁决臣民是否有罪时，那些倒霉的土人又是如何发疯或者送命的。我还对他说了，欧洲的科学根本无法检测这种药。我不知道他是怎么拿到药粉的，因为我一直没离开过房间。不过我相信是在我打开柜子，弯下腰去拿盒子时，他设法拿了一点魔鬼脚跟。我记得很清楚，他当时老缠着我问，这药粉得多大剂量、多长时间才会生效。我当时真想不到，他问这些的目的竟然是要杀害自己的家人。

"我后来是收到朗黑牧师的急电时才醒悟过来。那个该死的家伙以为我早去了非洲，而且还天真地以为我会在非洲待上几年或者十几年，但是我马上就回来了，我在朗黑牧师还没有说完这个惨案的时候，就已经知道了他们是怎么死的。我来找你，盼着你对这事会有别的解释。因为不可能另有原因。于是我确信摩提墨·特瑞根尼斯这个该死的家伙就是凶手，我想除了他绝对没有第二个人知道魔鬼脚跟了，他是因财起意，也许他想如果家里人都疯了，他就是他们共有财产的唯一监护人了。所以他选择了这种毒药，害得两个人精神失常，害死了他的妹妹布仁姐，我唯一的爱人，也是唯一爱我的人。这就是他犯下的罪，他该受到怎样的惩罚？"

司登戴尔越说越激动，他继续说道："我明明知道摩提墨·特瑞根尼斯就是真正的杀人凶手，但我却没有他杀人的证据。我控诉他，这根本不可能。我一想到我心爱的女人被他毫不留情地害死，就不禁悲痛欲绝。我决定用同样的方法为布仁姐报仇。福尔摩斯先生，你知道我一直独来独往、我行我素，我差点几乎将英国的法律忘光了，在这种情况下，我开始做准备判决摩提墨·特瑞根尼斯死刑，我要代表我心爱的布仁姐判决他死刑。这是他最好的下场，我没有亏待他，上帝也会同意我这么做的。"

他紧接着又说道："后来的事情，福尔摩斯先生比我还要清楚。我那天度过了一个不眠的夜晚，天刚一亮，就出了门，我想我要叫醒他可能非常困难，于是我就捡了些红色的石子装进了我的口袋，悄悄地走到他的窗户下面。我掏了几把石子在手上，断断续续地朝他的窗子上丢。他很快就被我的石子惊醒，他来到窗前并且往外面看了几眼，他看见了我，我招呼他下来，他就匆匆忙忙披上衣服下来了。在客厅里，我宣判了他的罪行，我对他说我既是法官又是刽子手。那个该死的家伙看到我的手枪就瘫倒在椅子上了。我点亮油灯，把毒粉放在了上面，然后立刻出了客厅，站在紧闭的窗外看着。如果他要逃跑的话，我的枪膛里的子弹是不会饶恕他的。我站在窗前大概有几分钟的时间，摩提墨恐怖地死去了。天啊！瞧他死的那副模样！可是我心硬如铁，因为他所受到的正是我那无辜的爱人先前遭受的痛苦。福尔摩斯先生。如果你有心上人，你也许也会这么干的。这就是我的故事，福尔摩斯先生，现在该轮到你判决我的死刑了。"

福尔摩斯沉默了一会儿，终于开口说话了："你原来有什么打算？"

司登戴尔有点惊讶，但他还是回答了福尔摩斯的提问："我原打算待在中部非洲直到老死。我那里的活还只干了一半。"

"那就去干完另一半吧，"福尔摩斯说，"至少我是不准备阻拦你的。"

司登戴尔惊讶得睁大了眼，他站在那儿呆愣着不动，他以为自己听错了。但是他很快清醒了过来，他向福尔摩斯庄重地点头致意，然后大步流星地离开了。福尔摩斯又抽起了他的烟斗，并把烟草袋递给了我。

"换上一点没有毒的烟倒是挺招人喜欢的，"他说，"我觉得你一定会同意，华生，这案子用不着我们去干预。我们的调查是独立进行的，我们的行动也是如此。你不会去告发那个人吧？"

"合情合理，最起码我是这样认为的。"我说。

"我从没有爱上过谁，华生，不过如果我恋爱了，而且爱上的女人惨遭这样的不幸，我也会像我们那位目无法纪的猎狮人一样干的。谁知道呢？噢，华生，我不会贬低你的聪明，去跟你解释那些显而易见之处。对于司登戴尔的调查，我首先是从窗台上的石子开始入手的，朗黑先生住宅的院子里是没有这种石子的。我跟踪司登戴尔的时候，留意到了他院子里的红色石子，以此类推，云母挡板和灯罩上残留的粉末就证明了司登戴尔的来龙去脉。好了，案件结束，我们的讨论是多余的。我亲爱的华生，现在我们可以彻底抛开这事了，可以问心无愧地又开始研究迦勒底语的词根了。迦勒底语的词根肯定来源于科尼什语，那可是伟大的凯尔特方言的分支呀。"

红 圈 会

"哦，瓦伦夫人，我感觉不到有何特殊的缘由让你如此伤神；我那么珍惜时间，怎能有空管你这件事呢？真的还有另外重要的事情等着我去做。"歇洛克·福尔摩斯如此说道，然后背过身去看他那本巨大的剪贴簿。所有近期的资料都被他剪贴在里边，而且编了索引。

但是，房东太太是一个非常固执的女人，女性所有绝妙的本事她都具有。她不做丝毫的退步。

"去年的时候，你帮我的一位房客做过一件事情，"她说，"也就是那个名叫费戴尔·霍布斯的先生。"

"哦，没错，没错——那是一件一点也不复杂的事情。"

"但是他总是没完没了地讲，说你一定可以帮忙，福尔摩斯先生，听说你无论多么纷繁复杂的事情都可以办得清清楚楚。所以，每当我有想不通、弄不明白的事情时，他的话就在我的耳边回荡。我相信，只要你答应，你就一定能做好的。"

只要听到别人奉承的话，福尔摩斯就非常高兴，什么事都会迎刃而解，而且只要对他有足够的诚意，他绝对会全力以赴地去伸张正义。在这两个条件的诱惑下，他轻轻地叹息一下，就答应了房东太太。而且将手中的胶水刷子放下，拉过凳子坐下来。

"好啦，好啦，瓦伦夫人，你就把具体情况给我们讲讲吧。我想抽支烟，你没意见吧？非常感谢，华生——火柴！你的房客一直未出过屋子，你就因为总见不到他而烦恼对吧。可这又有什么大不了的呢，上帝会带给你好运的，瓦伦太太，假如我是你的房客，你同样会接着几个星期都见不到我的人影。"

"那没什么奇怪，福尔摩斯先生，但是这次的情况有些特殊，让我感到恐怖，福尔摩斯先生，我甚至晚上都无法入眠。除了他从一清早到三更半夜匆匆忙忙的脚步声外，再也见不到别的——我真的忍受不住。我的丈夫与我一样也是非常害怕，但是，他常常不在家，在外边工作，可是我呢，就天天在家里待着。他有什么见不得人的事呢？他到底在做何事呢？除了那个女孩，房子里就只有我和他了。我都快疯了。"

福尔摩斯俯身向前，用他长而细的手指抚着房东太太的肩膀。当他需要的时候，他就有一种近乎催眠术般的安慰人的力量。她那恐惧的目光消逝了，紧张的表情也缓和下来，恢复了往日的神态。她坐在福尔摩斯指着的那把椅子上。

"假如我处理这件事情，我一定要调查清楚每一个细节，"他说，"慢慢来，你好好地想一想。关键的东西或许就是那些最不起眼的细节，你曾说过，这个神秘的人来到这里已是十天之前的事，一来就付给你两个星期的房租和伙食费？"

"他问我应付多少钱。我告诉他，一个星期五镑。有一个不大的客厅和一个卧室，什么东西都不缺，在这幢楼的最上边一层。"

"还有呢？"

"他说：'我一个星期给你五镑，但是我必须照我的规矩办事。'我是一个没有钱的女人，福尔摩斯先生，我丈夫挣的钱也不多，所以我把钱看得非常重。他当时就抽出了一张十镑的钞票递给我。'假如你能答应我的条件，你可以在将来很长一段时间里，每两个星期得到这么多钱。'他说，'如果不行的话，就算了。'"

"有什么条件呢？"

"哦，福尔摩斯先生，他的条件是要我把房子的钥匙交给他。不过这并不奇怪，其他的房客们经常是如此。另外的一个规矩是，必须给他绝对的空间，绝不能用任何借口去打扰他。"

"这当中不会有什么隐秘吧？"

"按道理讲，应该不会有。但是这一切却不存在任何道理。他在我家待了十来天，我、我的丈夫以及那个小女孩都未见到他一次。我们可以听到他急促的脚步走来走去，晚上、早上、中午都是如此。除了第一个晚上外，他从来就没有出过房门。"

"噢，他在第一天的晚上到外边去过?"

"是的，福尔摩斯先生，而且回来的时候非常晚——我们全睡得沉沉的。他刚搬过来的时候，就对我讲过，让我晚上不要把大门闩上，因为他会回来得非常晚。我听到他回来的时候，已是夜里十二点以后了。"

"但他吃饭呢?"

"他特别提醒过，只有他按铃之后，我们才可以给他送饭过去，而且只能把饭搁在门外边的一个小凳子上边。当他吃完之后，再次按铃，我们才可以从那个凳子上把碗之类的东西拿走。假如他需要其他的什么东西，他就会留一张字条，而且是用印刷体写的。"

"留言用印刷体写?"

"没错，福尔摩斯先生，用铅笔写的印刷体，并且只留一个词，不会有其他什么。我拿来了一份，你瞧——香皂。这是另一张——火柴。他第一天早晨写的就是这个——《每日新闻》。每天早晨给他送早饭时我都会带去一份报纸。"

"我的天啊，华生，"福尔摩斯说道，非常吃惊地注视着那几张房东太太给他的大纸片，"这确实有些奇怪。总待在屋子里不出去，我不觉得有什么，可是为何要用印刷体书写呢?最笨、最慢的方法就是写印刷体。为何不按正常的书写方法写?这说明什么呢，华生?"

"很明显，他不想让别人知道他的笔迹。"

"但为什么呢?他的字让房东太太看了，又会有什么关系呢?也许真如你所说的那样。可是，还有一点，留言为何这般简洁?"

"我也不知道。"

"由此可见这真不可思议。书写的笔也非常特殊，紫颜色，笔头非常粗，你瞧，字条是写完后撕下的，因此'香皂'这个词中间的'S'

撕掉了一些。这能说明一些什么，华生？"

"说明他非常小心谨慎？"

"非常正确。当然还可以找到其他的记号，比如说指纹或其他的什么所表现出的痕迹，由此可以调查他是怎样的一个人。瓦伦太太，你曾说这个人是中等身材，皮肤黝黑，留着胡子，年龄大约有多少？"

"年龄不是很大，福尔摩斯先生，三十岁以内。"

"嗯，你还能谈些其他的事情吗？"

"从他的口音来看，他不是本国人，但是他的英语讲得非常棒。"

"他平时都穿些什么样的衣服？"

"非常讲究，福尔摩斯先生，很有绅士风度。看不出有什么特别——总是一身黑色的衣服。"

"他告诉过你他的名字吗？"

"从未提过，福尔摩斯先生。"

"他收到过信件或与其他的人有来往吗？"

"没有。"

"你和那个小女孩，难道没去过他的屋子？"

"从来没进去过，先生。一切都是他亲自打理的。"

"嗬！太奇怪了。他有什么东西吗？"

"他有一只棕色的非常大的手提包，此外，没有任何其他的东西。"

"哦，由此可见，对我们有利的资料并不多。你是说他从他居住的屋子里从未拿出任何东西——什么也没有吗？"

房东太太将一个信封从她的钱包中取出来，又将两根燃烧过的火柴和一个烟头从信封中取出来，搁在桌子上边。

"今天早晨我收拾东西时，看见他盘中放着这些东西，就想到你曾说过的话——关键的问题都可以从细小的东西中看出来，于是就拿到这里，想让你瞧瞧。"

福尔摩斯耸了耸肩。

"这中间看不出什么，"他说。"火柴显然是点香烟用的，因为这火柴棒都快燃尽了，是在点烟斗或者是雪茄时燃去的。但是，嗯，这个烟头确实挺奇怪。我记得你说过，那个房客脸上全都是胡子?"

"没错，侦探先生。"

"这我就不能理解了。我想，脸上满是胡子的人是不可能把烟吸成这个样子的。哈哈，华生，你嘴上那么一丁点胡须也可能被烧掉。"

"是用的烟嘴?"我说出我的见解。

"不可能。烟头被咬破了。瓦伦太太，我想屋子里不会还有另外一个人吧?"

"绝对没有，福尔摩斯先生。他吃的饭少得可怜，我老担心他吃这么一点是不是能保住他的小命。"

"哦，我觉得我们的资料太少，不过，你也没必要担心什么，你得到了他的房钱，即使他有些古怪，但也是一个挺安静的房客。他给你的钱也不少，就算他对你隐藏什么，与你又有什么直接的关系呢? 我们任何人都没有权利去管别人的隐私，除非我们有证据确定他有犯罪的可疑性。不过此事我既然接手，我也不可能搁着不管，发现新的线索，请马上通知我；假如需要帮助，我一定尽力而为。"

"这中间有些地方真的特别有意思，华生，"房东太太走了之后，福尔摩斯说，"不过，或许并不是什么大不了的事，只不过是个人的嗜好，不过也许事情的内幕还更奇特。我有一种感觉，而且非常明显，住在房东太太家的或许是两个人。"

"你为何有这样的想法?"

"嗯，我们见到的只有那个烟头，但是这个房客租下房子以后立刻到外边去了一次，并且仅仅一次而已，难道不可以从这之中发现一些什么吗? 他返回时——也许可以说，那个人返回时——没有任何人见过他。那个返回的人是不是租房的那个人，谁也无法证明。此外，房客的英语讲得很好，可是那个人却用'match'代替了'matches'。我能够想到，这个字是照着字典写下来的。因为字典中没有复数，只有名词。这种简短的方式可能是想掩盖他不懂英语。没错，华生，我们的房客绝对改变了，这有充足的证据。"

"但是到底是什么目的呢?"

"哦! 关键就在这里。有一种非常简洁明了的探索方法。"

他拿过一本特别大的书，书中全是伦敦各家报纸的寻人广告栏，是他每次看报的时候收集起来的。

"天哪!"他边看着书中的内容边说道，"真是一个无病呻吟、乱叫和白话的大荟萃! 真是一些莫名其妙的大聚合! 可是这一定给那些特殊的学者们创造了最可贵的猎场! 这个人总是独来独往，他如果与别人书信来往，就会暴露他自己的秘密。但是他又是如何知道外边情况的呢? 很明显是从报上的广告知道的。除此之外没有别的途径。幸好我只需要注意一份报纸就可以了。近期两个星期《每日新闻》上的摘录都在这里: '王子溜冰娱乐城围黑色羽毛丝巾的小姐' ——这没必要关心。'吉米绝对不可能让他妈妈悲痛的' ——这对我们没用。'假如在布里克斯顿的公共汽车上昏倒的那位小姐' ——她，我也没什么兴趣。'假如这颗破碎的心天天都在祈求——'胡扯，华生——都是胡扯! 哦，这一条有些可疑。你瞧: '再忍耐一段日子吧。会找到一种好的联系方式的。现在，还是利用这个专栏。G.' 这则消息的刊登时间是瓦伦太太的房客搬来两天之后。

"终于找到了一点线索! 这个奇怪的房客也许会英语，虽然他不能写英语。仔细瞧瞧，我们还可不可以发现其他的情况。看见了，在这里——三天以后的。'正在做成功的安排。忍耐小心。乌云就快散去。G.' 这之后的一个星期没有任何东西。接下来这里就非常明确了: '一切已畅通无阻。抓住机会，发出信号，别忘了说好的信号。一是 A，二是 B，如此类推。你很快就会听到消息的。G.' 这是昨日的报纸上刊登的。今日的报纸上没有任何东西。这所有的与瓦伦太太那位房客的情况完全吻合。华生，只要我们等一段时间，我想一切情况都会越来越清楚的。"

他说得非常正确。早晨，我看见我的伙伴背对着火炉，站在火炉附近的地毯上，脸上呈现出得意的笑容。

"你瞧这个，华生！"他说道，将报纸从桌子上拿起。"'红色高楼，白色石门。三层。左边第二个窗户。日落以后。G.'这太明白了。我觉得吃完早饭之后，我们必须去拜访一下瓦伦太太的那位邻居。哦！瓦伦太太！这么早就来了，有什么好消息要告诉我们吗？"

瓦伦太太忽然怒气冲冲地闯进来，这说明，事情有了新的进展。

"这事得去找警察啦，福尔摩斯先生！"她大声喊着，"我真的忍无可忍！让他从我家搬出去吧。我原打算跟他直说的，直接让他搬走，但是我觉得还是先与你们商量商量为妙。但是我的忍耐是有限的，我的丈夫被人揍了一顿，现在正——"

"瓦伦先生被人揍了？"

"对他很粗暴，反正是那样。"

"什么人对他粗暴？"

"唉！我正准备弄明白呢！就在今天清晨，先生。我丈夫是托特纳姆宫廷路莫尔顿·威莱的小时工。他必须在七点钟之前从家里出发。今天早上可好，他刚到门外，向前走了几步，两个人就从他身后窜出来，用一件大衣蒙住他的头，并把他捆起来，拖到路边的一辆马车中。他们带着他跑了一个钟头，然后把车门打开，把他拖到车外。他被扔在马路上，吓得差点没命。到底发生了什么事，他也不清楚。当他缓缓地从地上爬起来之后，才发现自己在汉普斯特德的一块空地上。后来他坐公共汽车回了家，现在他正躺在沙发上。我就马上到这里来把发生的这件事告诉你们。"

"太有趣了。"福尔摩斯说，"他看清那两个人的面孔或是听见他们说话的声音了吗？"

"没有，他被吓得神志不清了。他只感觉到有人将他抬到车上，然后，又把他摔到地上，一切像做游戏一般。最少有两个人，或许是三个人。"

"你觉得这次事件与你的房客有关系吗？"

"唉,我们在这里都生活了整整十五年,像这样的事情从未发生过。请他走吧。再多的钱又有什么用呢?今天天黑以前,我要他离开我的房子。"

"等一下,瓦伦太太,不要太冲动。我现在觉得这件事或许要比当初我想象的情况复杂多了。非常明了,你的房客遇到了非常危险的事情。同时也可以知道,他的仇人注视他的地方,就在你家屋子的周围。他们在朦胧的清晨把你的丈夫误认为是你的房客,后来看见不是,又把你丈夫放了,如果他们抓的人是对的,那么他们到底又想做什么呢?我们仅能猜想而已。"

"我该怎么办,福尔摩斯先生?"

"我非常想去拜访一下你的那位神秘房客,瓦伦太太。"

"我不知该如何安排,除非你去硬闯。每次我给他送去东西,下楼去的时候,他开门的声音就会传到我的耳朵里。"

"他必须把东西拿到房间中去。我们绝对能藏在某个地方偷偷地看他拿东西。"

房东太太思考了片刻。

"好吧,福尔摩斯先生,那边有个小房间,是放箱子用的。我去找一面镜子来,假如你们藏在门后边或许能——"

"太好啦!"福尔摩斯说,"他吃午饭在什么时候?"

"一点钟左右,先生。"

"我与华生会及时到达的,现在嘛,瓦伦太太,再会吧。"

离一点还有半个钟头的时候,我们到达了瓦伦太太房屋的台阶上。她家的房屋在大英博物馆东北面的一条名叫奥梅的大街上,房子非常高大,但比较单薄,是用黄颜色的砖头做成的。尽管它接近大街的角落处,但从它那儿向前看去,能瞧见前边更加漂亮的房屋,那是霍伊大街上的。福尔摩斯得意地笑着,并指着那排公寓住宅中的一幢房子,他对房子的设计式样最熟悉不过了。

"看,华生!"他说道,"'红色高楼,白色石门。'信号位置没错。

我们找到了地方，也清楚信号，因此我们要做的事就方便多了。那个窗台上放着一块'出租'的牌子。很显然，这套空着的房子是那伙人进出的地方。哦，瓦伦太太，准备好了吗?"

"我为你们做好了一切。如果你们二人都去，那就把鞋子搁在楼下的台阶上。现在，我便带你们去。"

她为我们选择的隐蔽位置非常好。放镜子的位置也非常合适，我们待在暗处能将对面的一切看得清清楚楚。我们还没有来得及安顿好，瓦伦太太就离开了我们，接着就听见远处响起了这位神秘邻居叮当的按铃声。没过多久，房东太太端着盘子过来了。她将盘子搁在紧闭着的门外的一个凳子上边，然后就踏着沉重的脚步离开了。我们都蹲在门角旁边，目不转睛地凝视着那面镜子。当房东太太的脚步声消失后，忽然传来钥匙转动的声音，门开了一条缝，从里边快速地伸出一双纤细的手，拿走了凳子上放着的盘子。没过多久，盘子又放了回来。我发现一副忧郁、漂亮而又惊慌的脸，她扫了一眼我们所在的这间屋子。然后，快速地关上门并紧紧地锁上，又像什么也没有发生过一样。福尔摩斯将我的袖子拉了一下，我们两个便悄悄地下楼去了。

"晚上我还会来的，"福尔摩斯对房东太太说，"华生，我认为，我们必须回去好好分析一下这件事情。"

"你知道了吧，我的推断都没错，"他躺在安乐椅中说着，"房客换了人。我没有想到的是，我们看见的竟是一个女人，而且是一个非常特殊的女人，华生。"

"我们被她发现了。"

"噢，她看见了让她害怕的情形，这是绝对的。事情的线索已经非常明了，是不是？一对夫妇在伦敦避难，想逃避十分恐怖和紧急的危险。他们躲得越紧，就表明危险越大。男的有非常重要的事。他在处理重要的事时，想让女的得到绝对的安全。问题非常复杂，但是他采用解决问题的方式非常独特，效果也非常好，甚至给她送饭的房东太太也不知道这中间的秘密。现在看来，很明白，她是为了隐瞒她是个女人，才用印刷体留言。那个男的不能接近女的，因为一接近就会引来敌人。他只能间接和她联系，所以就利用了寻人广告栏。到目前为止，一切都非常清楚了。"

"但是，什么是事件的根源呢？"

"哦，对啦，华生——这同样是重要且现实的问题！什么是根源？瓦伦太太想入非非的问题把事情扩大化了，而且在我们调查的过程中，出现了更为阴险的事情。我们绝对能这样讲：这不可能是简单的情感问题。那个女人发现危险情况时的表情你都看见了。房东先生被别人绑架的事我们也知道，不用说他们的绑架对象是那位房客。恐慌和竭尽全力不让机密外泄都足以说明这是一件有关生死存亡的大事。绑架瓦伦先生再次说明，包括敌人自己，无论他们是什么人，也同样不知那位男房客变为了女房客，这是一件特别奇怪繁杂的事情，华生。"

"你为何要继续干下去？难道你想从中获得什么吗？"

"当然啦，为何不这样呢？就当是为侦探而侦探吧，华生。当你治病的时候，你绝对不会想着医药费的事情，而是想着病人的病情是吗？"

"是的。"

"这就是了，华生。这是一桩非常有启发性的案子。虽然它里边没有现钱也没有存款，可是我们仍要把它查个水落石出。到太阳下山时，我们会发现我们又有新的进展的。"

我们又到了瓦伦太太家。这个时候，正是黄昏，伦敦的冬天越发朦胧，像一片灰色的大屏障，仅有窗子上透亮的黄色方玻璃和昏黄的灯光才调和了一下没有一点生气的单调颜色。我们在寓所一间没有光亮的房间中，注视着外边的一切。一束暗淡的灯光又在昏暗之中高高地燃起。

"那间屋子中有走动的身影，"福尔摩斯小声说道，他那期盼且消瘦的脸伸向窗前。"没错，我能看见他的身影。他又来了！手中握着一支蜡烛。他在窥视周围，肯定是在防备。此时，他准备用晃动的灯光来发信号。一下，这一定是 A。华生，你也记着，待会儿我们俩核对。你记的是多少下？二十。我记的也是二十。二十就是 T 了。AT——这真够明白的了！又是一个 T。这绝对是第二个单词的开始。目前是——ATTENTA。停下来了。该不会是完了吧，华生？ATTENTA 没有任何意思呀。或者是三个词——AT，TEN，TA，这同样没有任何意思呀。或许 T、A 分别是某个人名字的简写？又晃起来了！是什么？ATTE，哦，与刚才一样的。奇怪，华生，太奇怪啦！他又停下来了！AT，噢，重复了三次，而且都是 ATTENTA！他到底要重复多少次？看来发完了。他已不在窗口了。华生，你知道这到底是怎么回事吗？"

"是密码，福尔摩斯。"

我的朋友忽然有所领悟地笑了。"并非是什么深奥的密码，华生，"他说道，"没错，是意大利文！A 的意思就是说这是发给一个女人的信号。'小心！小心！小心！'有何看法，华生？"

"我觉得你说的一点也没错。"

"不用说。这是一个非常急的信号。连续发了三次，就更加急。小心什么呢？等一下，他又回到窗子旁边来了。"

我们又发现一个蹲着的人不清晰的侧影。当信号再次发出的时候，窗口又来回晃动着那点小火苗。而且比前几次晃得更快，快得差不多无法记下。

"PERICOLO——帕里科洛——哦！这是什么意思，华生？是'危险'的意思对吗？非常正确，确实是一个危险信号。他又出现了！PERI……啊，这究竟是——"

灯光一下子熄灭了，发亮的方格窗也消失了，这幢大厦的第四层楼变成了一条黑带子，但其他的各层楼则是灯火通明。最后的危险信号突然中断了。这是什么原因？是什么人干的？此时，这个想法同时在我们的头脑中闪现。福尔摩斯突然从窗户附近的地方跳了起来。

"情况非常严重，华生，"他说道，"有事发生！为何信号一下子消失了呢？我看此事我必须与警察局合作——但是，时间不够，我们不能走开。"

"我可以去吗？"

"我们一定要把事情调查得清清楚楚才行。它或许可以提供什么更好的线索。走，华生，我们亲自跑一趟，看看有什么办法没有。"

当我们快到达霍伊大街时，我回过头看了看我们刚才所在的那幢房子。在楼顶的一个窗口，模糊可见有一个头影，一个女人的头影。害怕且木然地看着远处的黑夜，正在急切地期盼着忽然消失的信号再次开始。在霍伊大街公寓的门道上，栏杆旁也靠着一个围着围巾，穿着大衣的人。当客厅中的灯光照到我们的时候，那个人显得非常惊恐。

"福尔摩斯！"他诧异地喊着。

"嗬，葛莱森！"我的朋友说道，并和这位苏格兰场的侦探握了一下手。

"这可真是冤家路窄啊。你被什么风吹到这儿来的呀？"

"我觉得，与你一样，"葛莱森说。"我确实无法想象你是如何知晓此事的。"

"线有许多条，头只有唯一的一个。我正在记录信号。"

"信号？"

"对呀，从那扇窗子发出的。但信号只发了一半就中断了。我们是来看一下到底是什么原因。不过你正在调查此案，应该早就策划好啦，我想我们在这儿也是多余的。"

"慢着！慢着！"葛莱森急切地说道，"我想对你说句真心话，福尔摩斯先生，只有你与我一起办理案子，我心中才有踏实感，而且每次都如此，这幢屋子只有一处出口，所以他插翅也难飞。"

"谁？"

"哦，福尔摩斯先生，这次我们可要领先一步了。这一回，你必须让我们领先。"他将他的手杖在地上沉沉地敲了一下，这时，从街那边的一辆四轮马车附近走过来一个手握马鞭的车夫。

"我能把你介绍给歇洛克·福尔摩斯先生吗？"他对车夫说道，"这位是莱弗顿先生，平克顿美国侦缉处的。"

"哦，我知道，就是那位侦破长岛山洞奇案的大英雄吧！"福尔摩斯说道，"久闻大名，久闻大名，莱弗顿先生。"

这是一个冷静、精明的年轻美国人，脸是尖尖的，胡子刮得非常干净，福尔摩斯对他的一番称赞，使他脸上出现了羞涩的红色。

"我是被生活逼迫才不得不这样的，福尔摩斯先生，"他说，"假如你可以捕获乔吉阿诺——"

"你说什么？乔吉阿诺？红圈会的那位吗？"

"嗬，他在欧洲够有知名度的吧？我们在美国都听说了他的情况。他是五十件惨案的主要凶手，我们早就知道，但是我们找不到捕获他的方法。我从纽约一直追踪着他。在伦敦时，一整个星期我都跟在他附近，就是等捕获他的好机会。

"我与葛莱森先生一直跟到了这幢大公寓，这儿仅有一个出口，所以他逃不出我们的手心了。他进去以后，从里边走出的只有三个人，不过我可以保证，他绝对不在那三个人中间。"

"福尔摩斯先生说到信号，"葛莱森说，"我想，与以前一样，他知道了我们所不清楚的许多情况。"

福尔摩斯将我们碰到的事情，只是非常简洁地说了一下。这个美国人击了一下手掌，有些生气。

"可能是我们被他发现了！"他说道。

"你为什么有这种想法呢？"

"唉，事情本来就是如此！他的同谋在伦敦——他在给他的同谋发信号。正如你所说的那样。他忽然间通知他们有险情，但后来又中止了信号。他在窗口要么偶尔发现了在街道上的我们，要么就是感觉到有事要发生，假如他想逃过危险，就必须马上采取行动。除此之外，还可能有其他什么意思吗？你认为呢，福尔摩斯先生？"

"我们必须马上到楼上去，亲眼看个究竟。"

"可是我们没有逮捕证。"

"他在可疑的情况下，藏到了没有人住的房间中，"葛莱森说，"现在，这已经够了，当我们盯着他时，我们和纽约警方商量商量，看能否协助我们拘留他。但是目前，我能负责捕获他。"

我们警方侦探在智力上也许有些不足，可是在勇气方面绝对不是那样的。葛莱森已经到楼上去捕获那个罪魁祸首去了。他那一副永远沉着且精明的面孔依然如故。也就是凭着这一点，他在苏格兰场的官场上一步一步地上升着。那个从平克顿来的人试图赶在他的前面，但是葛莱森早就下定决心绝不落后，伦敦的警方对伦敦的危险享有优先权。

四楼左边屋子的门半掩着。葛莱森将门推开了一些。里边漆黑一片。我将一根火柴划燃，帮这位侦探把手提灯点亮。就在此时，在灯光燃亮之后，我们全惊讶地倒吸了一口冷气。地板上并没有铺地毯，但有一条鲜红的血印。红色的脚印一直通向里边的一间屋子。那间屋子的门是紧闭着的。葛莱森用力将门推开，把手提灯举得高高的，照着里边，我们都从他肩头伸长了脖子急迫地朝里边瞧。

一个身体强壮高大的人躺在这个房间的地板中央，他黝黑的面孔修整得非常干净，躺着的那个样子非常恐怖；有一圈鲜红的血迹在他的头上。尸体躺在一块白色木板上的一个巨大的湿淋淋的环形物上。他的膝盖弯着，双手摊开，显得非常痛苦。他又粗又黑的喉咙上插着一把白柄的刀子。此人身体非常强壮，在他临近死亡的时候，他一定像一头被斧子砍倒的公牛一般栽倒在地。他右手附近的地板上，有一把可怕的两边开刃的牛角柄匕首，一只黑色的羊皮手套在匕首附近。

"哎呀！这就是乔吉阿诺！"美国侦探说道，"这一次，我们走在别人后边了。"

"蜡烛是搁在窗台上的，福尔摩斯先生，"葛莱森说，"喂，你在做什么？"

福尔摩斯走过去，燃起蜡烛，而且在窗口来回晃动着。然后他向黑夜中看了看，熄灭蜡烛，将它扔在地板上。

"我想这样做对我们有利，"他说。他离开了窗子，待在那儿凝思。这个时候，两个当职人员正在检查尸体，"你说，刚才你们在楼下守候的时候，从屋子里边出去了三个人，"他说道，"你看清楚了吗？"

"看清楚了。"

"他们中间有一个黑胡子，黑皮肤，中等身材，大约三十岁左右的年轻男子吗？"

"有。最后一个从我身边走过的就是此人。"

"我想，你要找的人就是他。我能给你说出他的模样，我们还有他的一个很清晰的脚印，这些对你而言已经足够了。"

"也许是不够，福尔摩斯先生，伦敦有几百万人呢。"

"也许是不够。所以，我认为还是让这位太太来帮助你们比较好。"

听到这句话，我们都转过身去。只见一个非常漂亮的高挑女人站在门道上——布卢姆斯伯利的神秘房客。她缓缓地走过来，面孔白得像一张纸一样。她双眼睁得大大的，惊恐的眸子直盯着地板上那个巨大的黑色尸首。

"他被你们杀死啦！"她呓语般地说道，"啊，我的天哪，他被你们杀死啦！"过了一会儿，我听到她忽然深深地倒抽了一口气，兴奋地又蹦又跳，并快乐地呼喊着。她得意忘形地在屋子里边跳着舞，并拍着手，黑色的眸子中呈现出既吃惊又快乐的目光，嘴中不断地唠叨着意大利语中优美的感叹词句。如此一个女人看到这样一种场面以后，竟然这样疯狂地高兴着，这是多么恐怖且让人吃惊的事呀。忽然，她安静了下来，两眼盯着我们，里边呈现出询问的神情。

"你们！你们都是警察吧？奎塞佩·乔吉阿诺是你们杀死的，对吗？"

"没错，我们都是警察，太太。"

她朝屋子里周围的黑暗处扫视了一圈。

"可是，日内罗在哪儿呢？"她问道，"日内罗·卢卡是我的丈夫。我叫伊米丽严·卢卡。我和他都是从纽约来的。日内罗在什么地方？他刚刚在这个窗户旁边叫我过来，我马上就来了。"

"是我通知你来的，"福尔摩斯说。

"是你？！真的吗？"

"太太，你的密码并不很难。欢迎你的到来。我早清楚，只要发出'Vieni'的信号，你绝对会来的。"

这位美丽的意大利太太惊恐地盯着我的朋友。

"我不懂，你是如何知道这一切的，"她说，"奎塞佩·乔吉阿诺——他是如何——"她稍微停顿了一下，然后脸上一下子呈现出骄傲和兴奋的神情。"我现在知道了！我亲爱的日内罗啊！我伟大的、漂亮的日内罗，是他在暗中保护着我，使我一直处在安全之中，是他！他用他强壮的双手将这个可恶的恶魔杀死了！噢，日内罗，我太幸运了！能嫁给你这样的男人，真是我的幸福。"

"喂，夫人，"觉得无聊的葛莱森说道，伸出一只手将这个女人的衣袖拉着，没有一点点感情，好像他抓着的就是诺丁希尔的女流氓一样，"你是什么人，你是做什么的，我全不十分明白；但是据你所说，事情已经非常明白，我们要带你去警察局一趟。"

"等等，等等，葛莱森，"福尔摩斯说，"我感觉到，这位夫人也许如我们迫切想知道情况那样地迫切想把事情都告诉我们。

"夫人，你知道，这个人是被你丈夫杀死的，现在就躺在我们前边，正因如此，你丈夫会被逮捕判刑的呀！你叙述的事情会作为证词。可是，假如你觉得他杀人的目的不是想触犯法律，是由于他想调查清楚真凶的话，这样把所有的细节都告诉我们就是你帮助他的最好办法。"

"只要乔吉阿诺死了，我们也就没什么可怕的，"这位夫人说，"他是一个可恶的恶魔。我丈夫将他杀死了，世上的任何法官都不可以因此而判我丈夫的罪。"

"既然如此，"福尔摩斯说道，"我建议保持作案现场，把这个房门封起来。我们与这位夫人一块到她住的屋子里去。等到了那里，我们说清楚一切以后，再进行下一步的计划。"

三十分钟以后，我们四个人已在卢卡太太的小房间中坐了下来，听她叙说那些离奇的事情。事情的结局，我们在偶然中已亲眼看见了。她的英语不是十分标准，但是说得非常快且流利。为了更加明白一些，我只有作必要的语法修改。

"我出生在那不勒斯附近坡西利坡,"她说,"首席法官奥古斯托·巴雷里是我的父亲。我父亲曾是当地的议员。日内罗是我父亲的手下。我喜欢他。其他的女人也同样喜欢他。他既无金钱也无权势,他几乎一无所有,他只有美貌、力量和活力,因此我爸爸不同意我们的婚事。我和他一同逃跑,在巴里结了婚。我变卖了首饰,用换来的钱到了美国。这已是四年前的事,在那之后,我们没有离开过纽约。

"起初,我们挺走运的,一位意大利男士被日内罗帮助过——那位男士在一个名叫鲍厄里的地方遭到暴徒的袭击,他救了他,从此他就与这个有势力的人成了朋友。这位先生名叫梯托·卡斯塔洛蒂,是卡斯塔洛蒂·赞姆巴大公司的主要创办人。这家公司是纽约的主要水果进口商。当时,赞姆巴先生生了病,我们新结交的朋友卡斯塔洛蒂掌握了公司的大权。有三百多人在这家公司工作。他让我的丈夫在他的公司里上班,并且把一个门市部交给我丈夫,在各个方面他都非常照顾我丈夫。卡斯塔洛蒂先生没有太太,我敢说,他把日内罗当作了他的儿子,我和我的丈夫都非常尊敬他,几乎也把他当作了我们的父亲。我们在布鲁克林买了一所小住宅,我们的整个前程看来都有了保证。可就在这时,乌云一下子出现在我们的上空,并瞬间将我们的天空布满。

"在一天夜间,下班归来的日内罗,领回一个名叫乔吉阿诺的同乡,他也住在坡西利坡。此人身材魁梧,这点你们已经见过,他的尸体刚才就在你们眼前。他不仅身体大得出奇,而且一切都非常奇怪,让人感到恐怖。他说话的声音像雷鸣一般在我们的小房子中回荡。说话时,他摆动庞大的手臂,在我家的房子中都无法伸展。他一切都是热烈且古怪的——思想、情绪,等等。他说话时,非常有力,就像在号叫,别人也只可以呆呆地听他一下也不停歇的演说。他的双眼始终盯着你,他完全将你控制住了。他是一个恐怖的怪人。谢天谢地,他已经命丧九泉啦!

"他经常到我家来。但是我明白,日内罗同样讨厌他。我丈夫呆呆地坐在那里,样子十分无奈,脸上没有一点颜色,听我们的客人说话时，没有一点精神。他说的全是胡言乱语，什么对政治和社会问题没完没了的演说。日内罗没有说一句话，我呢，是非常明白他的。我从他脸上看出了一种以前从未见过的表情。开始时，我想是厌恶。一段时间之后，我渐渐清楚，不光是厌恶，还有恐惧，一种深沉的、隐藏的、胆怯的恐惧。那天夜里，也就是我发现他害怕的那天夜里，我搂着他，恳求他看在我们相爱的情分上对我叙说一切，为何这个大块头把他搞成今天这个样子。

"他终于对我说了。我刚听完，心便像冰一样凉。我可怜的丈夫啊，在那倒霉的日子中，全世界都与他作对，他差不多被这不公平的生活给逼疯了。就在那段时间中，他加入了那不勒斯一个名叫红圈会的团体。是老烧炭党的一个组织。这个团体有着非常恐怖的誓约和机密，只要加入其中就别想再退出。我们躲到美国时，我丈夫还想着与他们再不会有牵连。有一天夜间，他在大街上遇见了一个人——就是在那不勒斯介绍他加盟那个团体的大个子——乔吉阿诺。在意大利南部，别人都称他为'死亡'，因为他杀的人不可计数，真算得上是一个刽子手！他为了逃避意大利的警方，才来到纽约。在他的新住所，他成立了这个可怕组织的分部，这些事都是日内罗告诉我的，而且他将他在那里得到的一张字条给我看。字条上也被一个红圈圈着。字条上说要他在某日集合，他必须前去。

"真是太倒霉了。可是后边还有更倒霉的。我曾观察了一段时间，乔吉阿诺经常在夜间到我们家来，而且总是与我谈话。虽然他有时也和我丈夫谈话，但他两只野兽一样恐怖的双眼却总是注视着我。在一天夜间，我明白了一切。他所谓的'爱情'——那是畜生的爱情——野蛮残忍。他来我家时，日内罗还未回来。他闯进房子里，我被他那双熊掌似的手紧紧地搂住，他将我拥在他熊一样的怀中，在我的脸上疯狂地吻着。甚至请求我与他一起走。当我拼命地挣扎呼救的时候，我丈夫回来了，朝他扑过去。他把我丈夫打昏，夺门而出，从那以后他就再也没来过我们家。也就是从那天晚上起，我们成了死对头。

"几天之后，我丈夫开会归来，他的脸色告诉我，某种可怕的事情发生了。但这一切比我们想象的更可怕。红圈会是靠敲诈有钱的意大利人来维持生活的，假如别人不给钱，他们就用武力相逼。看情形，灾难已降临到我们的好朋友和恩人——卡斯塔洛蒂身上了。他拒绝一切恐吓，而且报了警。红圈会决定拿他开刀，用我们的朋友做标本，以消灭其他反抗者的这种心理。会中商定，将我们的朋友的屋子及他本人一块用炸药摧毁。由谁去做，将抽签决定。当我丈夫将手伸入袋中抽签时，他发现了我们的仇敌正朝他冷笑。毫无疑问，他们早就计划好了一切，那个杀人的标志就是签上那个让人望而生畏的红色圆圈，它被我丈夫抽到了。他只有两条路：一是杀死自己的恩人、好朋友，二是我和他遭到他们那帮人的报复。只要是对他们不利的人，他们憎恨的人，他们决不轻易放过，不仅要报复这些人本身，还要报复这些人所爱的人。这就是他们魔鬼一样的规矩中的一部分。这种恐惧降临到了我可怜的丈夫身上，压得他焦虑万分，差不多就要精神失常了。

"我们每个晚上都依偎在一块，一起防备着随时可能到来的灾难。行动的日子定在第二天的夜间。中午左右，我和我丈夫就上路来伦敦了，但是没有时间通知我们的朋友他有灾难；也没来得及向警察报告这一切，以保护他将来的人身安全。

"先生们，其他的一切，你们都清楚。我们明白，我们的仇人像影子一样紧随在我们周围，乔吉阿诺对我们的报复纯属他的个人原因，但是无论如何，我们知道他是多么残忍、奸险、固执。他那恐怖的势力在意大利和美国到处蔓延。假如要问怎样可以证明他的势力范围，那就看看眼前吧。我藏身的地方，是我亲爱的丈夫在我们离开之后仅有的几天安全时间内安排好的，在这样的情形之下，可以保证我绝对安全。他自己也想早点摆脱他们，好与美国和意大利的警方取得联系。我也不清楚他住在什么地方、如何生活。我只能从报纸中的寻人广告栏里得到他的消息。有一回我向窗子外边看去，发现这所屋子被两个意大利人监视着。我明白，我们被乔吉阿诺找到了。后来，我丈夫通过报纸告诉我，他将从一扇窗口中给我发信号。但是发出的信号，唯有警告，没有其他什么，而且又忽然中断了。现在我知道，他发现他被乔吉阿诺盯住了。谢天谢地！当这个可恶的人出现时，他早准备好了。先生们，我现在想请教你们，从法律观点上讲，我们有必要害怕什么吗？凭我丈夫的所作所为，这个世界上的哪个法官可以判他的罪吗？"

"哦，葛莱森先生，"那位美国人边扫视着警官边说道，"我不清楚你们英国有什么样的看法，可是我认为，在纽约，所有的人都会感激这位夫人的丈夫的！"

"她得跟我走一趟，去见见局长，"葛莱森先生说，"假如她所讲的都是真实情况，我想她和她的丈夫都是没有任何罪过的。可是，我不明白，福尔摩斯你为何也牵扯到这桩案子中来了呢？"

"教育，葛莱森先生，教育，我还打算从这所老大学中学点知识。得啦，华生，你的记录本中又多了一份悲惨而又离奇的资料。对啦，还没到八点钟，今天晚上考汶花园正在上演瓦格纳的歌剧呢！如果我们立刻就去，或许可以看上第二幕。"

失踪谜案

"为什么一定是土耳其式的呢？"歇洛克·福尔摩斯注视着我的靴子问道。那时我正在椅子上躺着，我的一丁点细微变化都逃不过他那洞察秋毫的眼睛。

"是英式的，"我诧异地回答道，"我是在牛津街拉提墨商店买的。"

"洗澡！"他说，"我是说洗澡！为何不洗清除疲劳的英式澡，却去洗土耳其浴，价钱那么高还把人洗得懒洋洋的！"

"近段日子我又犯了风湿病，感觉自己老了许多，全身发软。土耳其浴不失为一种强身健体的药——这是一个新奇的发现，它可以清洗各个器官。"

"还补充一句，"我又说道，"对一个讲究逻辑的大脑来说，我的靴子和土耳其浴之间的关系是明摆着的。但是，你若是愿意对我讲明一切，我会非常感谢你的。"

"这推理其实非常简单，华生。"福尔摩斯边说边对我眨着眼睛，样子非常顽皮，"假如我问你今天早晨和你一块乘车的是谁，那么表现出的仍是一种不变的逻辑推理。"

"你指出的新例证并不能回答我所问的问题，我也不承认。"我有些不满。

"太妙了，华生！你的反驳能力不赖。让我回想一下，我们在说些什么？先说后边一点吧——马车。你看，你的外衣左边袖口和肩上都有泥斑，显然是马车溅的。你要是坐在双座马车当中，泥水或许不会溅到

131

你的身上；就算溅了，也应该是两边都有才对。由此可见，你是坐在马车的一边，这就非常明白了。也就证明有人和你坐在一起，这一点非常明显。"

"确实非常明显。"

"可笑的陈词滥调，对不对？"

"但是靴子和土耳其浴又该怎么解释呢？"

"同样，非常简单。你有自己系靴子的特殊方式，可这次我突然发现你的靴子上多了一个漂亮的蝴蝶结，这可不是你的习惯。由此可见，你脱过靴子。可是那个结到底是谁给你打的呢？或者是靴匠，或者是浴室的侍应生。但是靴匠的可能性太小，因为你的靴子还非常新。很明显是浴室中的侍应生。很可笑，是不是？尽管这样，洗土耳其浴还是得有个目的的。"

"什么意思？"

"你出门的目的是为了改变一下环境，那我就建议你去个好地方。洛桑如何？我亲爱的华生——上等车票，并且所有的花费都报销。"

"太好了！到底是怎么一回事？"

福尔摩斯躺在扶手椅上，将一个笔记本从衣袋中取了出来。

"她们是世界上最危险的一个阶层，"他说，"那些居无定所、又无亲戚朋友的女人。她们本性善良，但却经常被别人利用。她们孤苦无助，到处漂泊。只要她们手头宽裕，今天到高级旅馆过夜，明天又到国外去旅行。她们常常在寄膳公寓中迷失自我，在孤独中颓废，在无助中沮丧。即使突然消失，也不会引起别人注意。我很担心，弗朗西斯·卡尔法克斯女士已遭不测了。"

他终于有了谈话的主题。这时，我轻松了许多。福尔摩斯此时此刻把笔记本翻得哗哗作响。

"弗朗西斯小姐，"他又说道，"是已经死去的拉佛敦伯爵唯一的直系后裔。也许你还没有忘记，男性继承人几乎吞掉了所有的财产，她得到的是非常有限的一点财物。还好，那中间还有一点点古西班牙的银饰和做工精美的宝石首饰。她非常喜欢这些东西——非常喜欢，以至于不愿存到银行里去，时刻都戴在身上。弗朗西斯小姐非常可怜：刚步入中年，长得也俊俏，但是一次突然的事故使她变成了一个孤独无助的人——一个被别人遗弃的女人。在二十年前，她生活得非常幸福。"

"她到底怎么了？"

"这就是摆在我们面前的问题。事实上我对弗朗西斯小姐并不了解，我只知道她是一个非常遵守规矩的人。在这四年里，她每隔两个星期就给她以前的家庭女教师多布妮小姐寄一封信。多布妮小姐很久以前就退休了，一直住在坎伯韦尔。这一切就是这位多布妮小姐告诉我的，弗朗西斯已经五个星期没给她写信了。她收到的最后一封信是从洛桑的民族旅馆寄出的。弗朗西斯小姐好像已不在那儿了，连地址也没留。他们一家非常焦急，而且他们也很有钱，只要我们调查清楚了，他们花再多的钱财都愿意。"

"仅仅多布妮小姐与她有来往吗？她肯定与其他人还有来往吧？"

"有个地方是她必联系不可的，那就是银行，华生。她在西尔维斯特银行开户，我调查过了。她支出的倒数第二张支票支付了洛桑的花费，而且数额非常大。或许她身上还剩下一些现金。在那之后仅支付过一次钱。"

"支付给谁的？在什么地方？"

"给玛里亚·黛温支付的。不清楚是在什么地方支出的，只清楚是三个星期之前从蒙皮利埃的里昂内银行兑现的。数额是五十英镑。"

"玛里亚是谁？"

"我早调查过了，弗朗西斯·卡尔法克斯小姐以前的女佣就叫玛里亚。关于她为何要支付那些钱还需继续调查，但是我绝对相信你马上就可以将这件事调查得水落石出。"

"我去调查？"

"这就是要你到洛桑去做一次健身旅行的原因。要清楚，这时候，老亚伯拉罕斯正处在他这一生中最提心吊胆的时候。再说，我原本也不便到国外去，我走了，苏格兰场会感到孤独无助，那些罪犯们又会开始准备行动。除了你就没有别的合适人选了，我亲爱的朋友。如果我的浅薄见解可以值两个便士一个字那么昂贵的价钱，我将时刻恭候在欧陆电报线这头，任凭你的差遣。"

我在两日之后到达了洛桑的民族旅馆。那位无人不知的莫舍经理热忱地接待了我。从他那儿我知道了弗朗西斯小姐在那儿待过几个星期。她绝对不会超过四十岁，但仍然是那样秀丽，由此可知她年轻时肯定很美丽动人。她住在这儿的时候和谁都和睦相处，别人都喜欢和她交往。关于那些珍贵宝石的事，莫舍先生一点也不清楚，奇怪的是那些侍应生却知道。她的屋子中有一只非常沉的箱子，总是小心翼翼地锁着。她的女佣玛里亚·黛温与弗朗西斯同样受人欢迎。实际上她已和旅馆中的一位侍应生领班订婚了。调查她的地址是非常容易的，她在蒙皮利埃特哈洋路 11 号居住。我一字不漏地记下了我这次行动的情况，感觉自己特别聪明，就算是福尔摩斯自己来调查情况也不会好到哪里去。

只有一个地方尚待澄清。我无法明白那位女士为何要突然离开。她在洛桑好像非常开心，我们有足够的理由断定她原决定在这儿待完这个季节。她的屋子非常华美，能看到波光粼粼的湖面。可她偏偏离开了，仅在头一天告诉了旅馆方面，白白浪费了一周的房租。只有那女佣的未婚夫朱勒·维巴克知道一点点情况。他告诉我们一两天前有一个身材高高的、皮肤黝黑的、长满胡子的人来到旅馆里。她的突然离开，肯定与这个人有关联。

"一个野人——绝对的野人！"朱勒·维巴克说道。

这个人在城里有住宅。有人发现他在湖边亲切地和弗朗西斯小姐谈着什么。在那之后，他还来找过她，可她拒绝见他。他是个英国人，但没留下姓名。然后，这位小姐马上离开了这儿。朱勒·维巴克说那位小姐的离去就是因为那位男子的到来，甚至朱勒·维巴克的未婚妻也这么说。唯有一件事朱勒不愿意告诉我——玛里亚离开她主人的原因。他什么都不肯说。如果我想搞清楚，唯有到蒙皮利埃去问玛里亚。

第一次的调查就这样不了了之。第二次是调查弗朗西斯·卡尔法克斯离开洛桑后究竟去了哪里。这其中隐藏着什么秘密，让人觉得她是在竭力躲避着什么人的追踪。如果不是这样，她的行李袋上为何不把去巴登的标签公开贴上？她带着行李绕道而行到达了莱茵河的疗养地。这些事情是库克办事处的经理告诉我的。因此我接着就去了巴登。出发之前，我发了一份电报给福尔摩斯，将我所有的进行过程都告诉了他，他在回电中半开玩笑地称赞了我一番。

在巴登的线索找起来倒挺简单的：在英国饭店里，弗朗西斯小姐待了两个星期，而且在那段日子里与南美来的传教士席列辛格博士夫妇相识。和许多的单身女性一样，宗教信仰让弗朗西斯小姐找到了寄托与安慰。她非常佩服席列辛格博士，他的品德是那样高尚，他为宗教奉献出了一切，他为了完成圣职，不幸染上了疾病，现在正在恢复过程中，等等。她帮助席列辛格太太照顾这位刚刚病愈的圣徒。从经理那儿得知，他一天到晚在阳台的安乐椅上躺着，她们分别在两边照顾着他。他目前在画一张圣地的地图，图中米甸王国被明确地指了出来，而且还有一篇这方面的专题文章正在写作之中。后来，他的病好了，就和他妻子一块回到了伦敦，弗朗西斯小姐也和他们一起去了。这些事发生在三个星期之前，从那以后，这位经理就不知道关于他们的一切情况。关于那个女佣玛里亚，几天前她就离开了，临走时还痛哭了一场。她对其他的女佣说从此以后她再也不做仆人了。席列辛格博士在离开以前付了所有人的账。

"顺便说一下，"最后，店主说道，"不仅仅你在找弗朗西斯·卡尔法克斯小姐，她的亲朋好友也在四处找她。就在一两个星期以前，同样有个男子到这里来打听过她。"

"知道他叫什么名字吗?"

"不知道。他的长相非常特殊,是个英国人。"

"是不是像个野人?"我问道。

"嗯,你的这个形容非常恰当。他的个子非常高,满脸是胡子,皮肤黑黑的。这样的人待在农庄客栈里会更加适合一些,而不应该待在高级旅馆中。我感到他的样子十分可怕,我一定会离这种人远一点的。"

当迷雾渐渐消散,所有的事情也渐渐清晰,里边的人物也越发明朗可见。她非常恐惧那个人,不然她不可能离开洛桑;但是他却紧紧地跟着她,总有一天会抓住她的。会不会他早就把她抓住了?她长时间的杳无音讯难道就是这个原因?但是和她在一起的那些善良的人难道真是见死不救吗?长时间的跟踪有没有暴力的倾向和恐怖的阴谋?我需要去做的事情就是调查这些。

我给福尔摩斯去了一封信,让他知道我是怎样在短时间之内准确地找出了事情的主要线索。他在回电中告诉我,让我把席列辛格博士左耳朵的样子仔细形容一下。福尔摩斯的幽默念头真是奇怪,偶尔也让人生厌,所以对他那不合时宜的玩笑我置之不理——实际上,在接到他的电报之前,我就回到了蒙皮利埃调查起那个名叫玛里亚的女佣。

我非常顺利找到了那位不再做仆人的女士,她对我说了她所了解的一切事情。她说她要离开女主人的原因,是她觉得自己已找到了可以照顾她一辈子的人,另外她结婚的日子也快到了,迟早得离开的。她悲伤地告诉我,她们住在巴登的时候,弗朗西斯小姐经常对她发怒,有一回还不近人情地斥责她,似乎是说她对她不够忠心。由此一来,就伤了她们彼此的感情。弗朗西斯小姐送了她五十英镑作为结婚贺礼。和我一样,玛里亚也对那个使她女主人从洛桑离开的人表示怀疑。那个人在湖畔的公共走道上蛮横地抓着弗朗西斯小姐的胳膊,是她亲眼所见的。她觉得弗朗西斯小姐是因为害怕那个凶狠野蛮的人才离开洛桑的,才迫不及待地要和席列辛格一家到伦敦去的。她从未对玛里亚说过此事。不过这种现象使她相信，弗朗西斯小姐一直都非常害怕。谈到这里，她突然满脸惊慌地从凳子上跳起来了。"快瞧！"她激动地喊道，"那个可恶的家伙还在跟踪我们！我说的那个人就是他！"

透过起居室打开的窗子，我看见块头很大、肤色黝黑、满脸黑须的男子正缓缓地在街道中间走着，并且非常心急地查找着门牌号码。非常明显，他和我一样在寻找这位女佣。我一时激动地冲了出去，找他说话。

"你是英国人吗？"我问他。

"这与你有关系吗？"他非常气愤地说道。

"我能知道尊姓大名吗？"

"不能。"他断然地说道。

这样的场合是非常难为情的，不过直截了当的方式最有效果。

"弗朗西斯·卡尔法克斯小姐在什么地方？"我问。

他吃惊地看着我。

"你对她干了些什么？为什么要追着她不放？你必须回答这些问题！"我说。

那家伙怒吼一声，如猛虎一般向我扑过来。我也谈得上久经战场，但这家伙像一个恶魔，他把我的脖子死死地掐住，几乎把我给掐死。就在这个时候，一个没有刮胡子、穿着蓝色工作服的法国工人从街那边的一家小酒店中跑出来。他拿着一根短棒，在那家伙的手臂上狠狠地打了一下，他这才松开双手。他非常气愤地待在那儿，一时不知如何是好。过了一会儿，他气愤地骂了一句，扔下我走进了一幢小宅子。我扭过头感谢那位救命恩人，他仍站在我附近的马路上。

"哎，华生，"他说，"这件事全被你给搅乱了！我看你最好还是和我一块乘晚班快车返回伦敦吧。"

一个钟头以后，歇洛克·福尔摩斯将原先的衣裳又穿上，他又恢复了原来的模样，坐在我在旅馆开的客房中。他非常简洁地说明了一下他为何突然且准时到来的原因。因为他觉得可以不待在伦敦了，所以打算在我的行程中将要到达的地方等我。于是他伪装成小酒店的工作人员等着我的到来。

"你追查问题真是锲而不舍，我亲爱的伙伴。"他说，"这会儿我还真想不起你漏掉了什么错没去犯。总的来说，只要你到某个地方，就会大肆宣扬你的目的，所以，你没有查出任何东西。"

"恐怕你也不会干得更好。"我伤心地说。

"我确实比你做得好，这家旅馆里住着我们敬爱的洪·飞利浦·格林先生，我们可以以他那儿为起点，进行一番真正有利的调查。"

侍应生把一张名片送了进来，接着一个满脸胡子的人也走进来了。客人正是和我在大街上大动干戈的人，他见了我显然也非常吃惊。

"这是搞什么鬼，福尔摩斯先生?"他问，"我收到你的信就立刻来了，但这个可恶的家伙又过来干吗呢?"

"这位是我的伙伴和私人助理华生先生，他也在调查这件事情。"

格林先生不停地说着对不起，并将一只黝黑的大手伸了过来。

"但愿我没有伤害到你。你一责怪我害她，我就忍不住动手了。近段日子我是有些不能控制自己，我全部的神经都如充足了电一般。目前发生的一些事情让我越来越糊涂，不过现在我想弄明白的是你是如何找到我的，福尔摩斯先生?"

"我与弗朗西斯家以前的家庭教师——多布妮小姐有联系。"

"你说的是那个戴头巾的老苏珊·多布妮! 我对她的印象挺深的。"

"她也没忘记你。那正是你一心一意要去南非之前。"

"哦，我觉得我的事情你全都清楚，我也没有必要对你隐瞒什么，我向你保证，福尔摩斯先生，我对弗朗西斯的爱，这个世界上的任何人都比不上。我清楚自己不是个感情细腻的人——不过我不比别的小伙子差。可是她如雪一样的纯洁，容不下丝毫的粗俗。因此当我对她表白了一切之后，她就与我断绝了关系。但她却又是爱我的——这真是意外!

这么多年以来她都为我保留着洁净之身就是她爱我的证明。过了这么些年，我在巴伯顿发了财，想着或许我可以找到她、感动她。许久以前，我就听说她一直都是单身。我历经了千辛万苦终于在洛桑找到了她，想尽了办法。她犹豫了，我想，可她的意志却很坚强。当我再去找她的时候，她已经离开了。我后来又追到了巴登，一段日子之后，我打听到她的女佣住在这里。我是一个粗俗的人，刚脱离粗鲁的生活不久，因此当华生先生用那样的语气与我说话时，我一下子就发作了。可是看在上帝的分上，希望你们能告诉我弗朗西斯小姐的情况。"

"关于这点我们正在调查之中。"歇洛克·福尔摩斯非常严肃地说，"能告诉我你在伦敦的住址吗，格林先生？"

"你们到朗罕姆旅馆可以找到我。"

"你可不可以先回去？如有什么情况我们会及时告诉你的，我不想让你存太多奢望，不过为了弗朗西斯女士的安全，该做的我们都做了，这点你尽管放心。其他的也没什么要说的，给你这张名片，你可以随时和我们联系。目前，华生，如果你想回去的话，我马上发份电报给哈德森夫人，通知她明天早晨七点半使出她的绝妙手艺，做一顿佳肴给两个饥饿的客人。"

我回到贝克街时，早已有一份电报搁在那儿。福尔摩斯看完后立刻递给了我。内容是：呈锯齿或撕裂形。是从巴登发出的。

"这是什么意思？"我问道。

"这就是全部资料。"福尔摩斯回答说，"你或许没有忘记我那个风马牛不相及的事情，也就是那个牧师左边耳朵的形状。你没给我回电。"

"我那时已不在巴登，没办法查。"我解释没有给他拍电报的原因。

"对！因此我又给英国旅馆的经理发了一份同样的电报，这就是他对我的回复。"

"这又有什么用呢？"

"这证明，我亲爱的朋友，与我们现在打交道的是一个非常狡猾的危险人物。来自南美的传教士席列辛格牧师和何利·彼特斯是同一个人，他是澳大利亚的一个下流无耻的人。这个国家的建国时间不长，但却出现了许多有能耐的人物。玩弄独身女性的宗教感情是这家伙的拿手好戏。他那个称之为妻子的女人是一个英国人，名叫佛莉瑟，是他的得力助手。就是这种作案手法让我认出了他，我的怀疑也从他身体上的特征得到了证实。1889 年，他在阿德雷德的一家沙龙中打架，耳朵被别人给咬掉了一块。华生呀，这位可怜的弗朗西斯小姐要是落入他的魔掌，什么样的情况都会发生。或许她已经不在人世了。就算还活着，也是被他们给关押起来了，所以没有机会给多布妮小姐和其他朋友去信。或许她原本就没到伦敦来，或许她仅仅路过伦敦就离开了。但是第一种情况的可能性不大，因为欧洲警察绝不会放过一个外来人员的，谁也逃不过他们的法网；第二种情况的可能性也不大，因为那些恶魔想找一个地方囚禁一个人也是挺难的事。凭我的直觉，她就在伦敦，但是现在我不知道她到底在什么地方，因此我们只能做能够做的事情，也就是去饱餐一顿，耐心地等待。晚上我会顺便到苏格兰广场与雷斯垂德谈一下。"

但是官方的警察也好，福尔摩斯自己那小型高效的组织也好，都无法解开这个谜。在伦敦这个广阔的天地中，我们所寻找的这三个人似乎从未出现过。登了寻人启事，但没有任何回音；追踪的线索，也毫无所获。席列辛格经常去的作案地点也都找过，仍是徒劳无功。他的老同谋也全部遭到了监视，但是他们并没有来往。一个星期就这样白白地浪费掉。这时突然间露出了一线曙光。有一个人将一只精美的西班牙古典银坠子拿到威斯敏斯特路的贝温顿当铺去当，他是个大块头，胡子剃得很干净，模样像一个教士。他所用的名字和住址都不是真的，他的耳朵也没有谁注意到，但是从对他的描述来看，这个人就是席列辛格。

我们的那位住在朗罕姆旅馆的黑胡子伙伴来打听了三次，第三次来的时候，离我们获得新情况还不足一个小时。他又高又大的身体上穿着的那件衣服愈来愈宽松，他似乎心急如焚，样子也憔悴了许多。他一直在苦苦地乞求着："让我也干点什么吧!"后来，福尔摩斯不得不答应了他。

"他把宝石都给典当了，我们应立即捕获他。"

"但是这是否暗示着弗朗西斯小姐已遭到不幸?"

福尔摩斯非常严肃地摆了摆头。

"我们猜想，到目前为止，他们还关着她。显然，要是让她跑了，他们就完蛋了。我们得预防发生最坏的情况。"

"我可以做点什么吗?"

"那些人发现你了吗?"

"没发现。"

"接下来他可能去别的当铺。如果那样，我们还得从头开始。但是另外一种情况，他这次当的价钱公道，又没人问他什么，所以如果他急需现金，很可能还会去贝温顿当铺。我为你写封介绍信，他们可以让你在铺子中等着。只要那个人来了，你只需跟踪到他家就可以。不要轻易行动，更不可轻易妄为。你必须用人格保证，在我没通知或没允许的情形之下，不能轻举妄动。"

接着的两天之中，这位洪·飞利浦·格林先生没有与我们联系，顺便说一下，有名的海军上将格林是他的父亲，在克里米亚战争中阿佐夫舰队就是由他指挥的。第三天的黄昏时候，他冲进我们的起居室，脸色苍白，浑身颤抖，由于兴奋，强壮的身体上肌肉都绷紧了。

"我找着她了! 我找着她了!"他兴奋地喊着。

他激动到了极点，甚至讲话都前言不搭后语。福尔摩斯讲了几句安慰的话，拉过一张椅子让他坐下。

"好啦，把事情的详细经过按先后顺序告诉我们。"他说。

"她是在一个钟头之前来的。这回来的是一个个子高高、脸色苍白、一对小眼睛不停地眨着的妇女。我猜想一定是那个女人，她拿来的耳坠与上回的那只一样，是一对。"

"就是那个女人。"福尔摩斯说。

"她从铺子中走出去，我就跟在她后边。她向肯宁敦路的方向走去，我还跟在她的后边。一会儿之后，她进了一家铺子，福尔摩斯先生，那是一家殡仪馆！"

我的朋友非常吃惊。"怎么回事？"他问道，语音有些颤抖，表明他那副镇静、惨白的面孔深处非常焦急。

"我也跟了进去。她和柜台里的一位女人正在讲话，'已经退了，'我听见她这样说着。柜台里的女人反驳道：'许久以前就应送去的，但是这有些特殊，因此用了较长的时间。'就在这个时候，她们发现了我，不再讲话。我不得不借故问了一些无关紧要的话就出来了。"

"你做得太好了！接下去，接下去又发生了什么？"

"那个女人从铺子中出来，我早就躲进了一家门洞里。我觉得她已经起了疑心，因为她出来后向四周看了看。接着拦住了一辆马车。幸运的是我也叫到了一辆，因此又能继续跟踪她。最后，她在布里可思敦的坡特尼广场36号下车了。我叫赶马车的继续向前走了一段，在广场拐弯的地方停了车。监视那所住宅。"

"发现什么人了吗？"

"那儿所有的窗帘都拉得严严的，没有一丝光亮，我看不到屋里的情况，但是最下边一层有一扇窗户有一点点光亮。我站在那儿，正在思考着接下去该怎么做，正好一辆有篷的货车向这边驶了过来。有两个人从车中跳了下来，从中抬出一个东西。他们将那个东西搬到大门的台阶上边，福尔摩斯先生，那是一口棺材。"

"哦？"

"当时，我真想闯过去。那个女人把门打开，将那两个人和东西都带进屋子里去了。但是我站在那儿的时候，被她发现了，并认出我来了，我看见她非常惊恐，她立刻将门紧紧地关上。我不敢忘记你的叮嘱，因此马上就回来了。"

"你做得太好了,"福尔摩斯边说边在半页纸上快速地写了几个字。"没有搜查令,我们就不能合法地行事。你马上带上这张便条去找警方,向他们索取一张搜查令过来。这件事也许有些难度,但是我觉得他们疯狂变卖首饰这件事就足够要到一张搜查令了。雷斯垂德不会漏掉一个细节的。"

"可这会儿他们也许会害死她的。那口棺材还能有什么意思?不是给她又会是给谁准备的呢?"

"我们尽一切力量,格林先生。我们一分钟都不能迟疑,都交给我们去做吧。现在,华生,"我们的委托人匆匆忙忙走了以后,他又说道,"他会将正规部队调去协助的,我们呢,不是正规军,必须自行其是。事情十分紧急,我们必须冒十分大的风险。立刻到坡特尼广场去,一分钟也不能耽误了。"

"我们重新来推测一下当时的情形吧,"当我们的马车从国会大厦和威斯敏斯特桥飞也似的驶过时,福尔摩斯说,"这些可恶的家伙当初是让这位可怜的小姐与她忠实的女佣闹别扭,后来又把她骗到伦敦。如果她写过信,绝对也被他们扣下了。他们费尽心思地租下了一所住宅,而且带有家具。住进去之后,就将她囚禁了起来,并将那些珍贵的珠宝饰品都占为己有。他们起初的目的就是这样。他们将那些饰品慢慢变卖,对他们而言,这是非常简单的事,因为他们觉得没有谁会去关心这位小姐。如果放了她,毫无疑问,她会将他们的恶行揭露,因此不肯放她。但是他们不可能就这样一直囚禁着她,所以,他们唯一的处理方式就是杀了她灭口。"

"看来这非常清楚。"

"但是我们还能做出另一种推测:当你顺着两条思路进行推测时,华生,你将发现有些地方会交叉。而且那些交叉点与事情的真相非常相似。我们暂且不说弗朗西斯,而先谈谈那口棺材,从反方向进行推测。那个意外的东西表明,我觉得,那位小姐很明显已不在人世了。同时还证明即将举行一次正式的葬礼，不仅有医生开的死亡证明，还有官方的批文。如果那位小姐被谋杀了，他们一定会在后花园中偷偷地挖一个洞将她埋掉；但是现在一切都没有丝毫的隐秘可言，一切都是公开的、正规的。这又说明一些什么呢？他们肯定用了某种能骗住医生的方法杀了她，造成她正常死亡的假象——例如说毒药。但不可思议的是他们竟然让医生靠近她。除非这医生是他们的同伙，可这种情形又不大可能发生。"

"他们可不可能伪造医生证明呢？"

"危险，华生，太危险了。不，我认为他们不会那么干。停车，车夫！这应该就是那家殡仪馆，那家典当行我们刚刚已驶过去了。你到里边去，行吗，华生？别人一看到你就会有一种信任感。去问问坡特尼广场的葬礼明天几时举行。"

殡仪馆的那位女士爽快地对我说了葬礼在明早八点举行。

"你看，华生，没有任何不可公开的，所有的都是名正言顺的！无可否认，他们早用了卑鄙手段搞到了合法证明，因此不害怕任何威胁。算啦，现在也想不到什么方法，只能正面交锋。你有武器吗？"

"我有手杖！"

"唔，不错，我们实力强大。'正义在手，胜过全副武装'嘛。不过我们不能再静待警察，不能再让法律束缚我们行事。你可以离开了，车夫。目前，华生，我们必须如从前经常做的那样，风雨同舟。"

我们来到坡特尼广场中心，福尔摩斯径直来到一幢高楼门口，他伸出右手把门铃摁得非常响。门立刻打开了，一个身材高挑的妇女站在门口，她身后大厅中的灯光十分昏暗。

"你们有何贵干？"昏暗之中，她双眼注视着我们，没好气地问道。

"我有事要与席列辛格……"福尔摩斯说。

"我家没有这个人。"她回答说。边说边关门，但门被福尔摩斯用脚给抵住了。

"那我就找住在这儿的男主人，不管他姓什么叫什么。"福尔摩斯固执地说。

她迟疑了一会儿，接着又将门突然打开。"既然如此，请进吧！"她说道，"我丈夫从不畏惧这个世上的任何人。"

我们进去之后，她又将门关上，将我们带到客厅右边的一间房中，然后将煤气灯扭亮了，说："皮得司先生一会儿就到。"

她说的是实话。我们还没有仔细看看这灰蒙蒙、破烂不堪的房子，门就开了。一个脸上光光、头顶光光的大块头不知不觉地走了进来。他脸庞硕大，脸色红润，两颊下垂，一副慈眉善目的样子，可是那张冷酷邪恶的嘴巴却破坏了这种印象。

"一定是发生了什么误会，先生们，"他语气圆滑，一副想打发人走的态度，"我想你们是搞错方向了。或许你们应该到街那头去——"

"好了，我们没必要消磨时间，"我的伙伴断然说道，"你就是原先住在阿德雷德的何利·皮得司；此后又在南美和巴登伪装席列辛格博士。对此我绝对相信，没有丝毫怀疑，就如同我确信自己叫歇洛克·福尔摩斯一样。"

皮得司，我暂时这样叫他，他先一惊，马上又死死地注视着这位不达目的决不罢休的侦探，说："你以为这个名字就可以吓唬我吗？福尔摩斯先生。"他冷漠地说道，"要是一个人问心无愧，就不会让你给吓着。你到我家来到底想干什么？"

"我想弄清楚，那个被你们从巴登带来的，名叫弗朗西斯的小姐，现在怎么样了？"

"假如你可以将那位小姐在什么地方的消息告诉我，那就谢天谢地了。"皮得司仍然冷漠地说道，"她还欠我近100英镑呢，只给了我一对表面华丽，其实一点价值也没有的坠子，当铺连看都不看一眼。我和我的夫人在巴登被她缠上，那时我确实用了一个其他的名字。后来我们到了伦敦，她也跟了过来。她的账单和车票都是我给她付的，但是到了伦敦之后，她就偷偷地跑了，只将一些饰品留下做抵押。你若能将她找到，福尔摩斯先生，我真的要谢谢你！"

"大家都想把她找到。"歇洛克·福尔摩斯说，"我要将这幢屋子找遍，直到将她找到才罢休。"

"你有搜查令吗？"

福尔摩斯将手枪从衣袋中掏出了一截，说："这就是最好的搜查令。"

"你说什么？你这岂不是强盗行为？"

"你可以这样说，"福尔摩斯得意地说，"我的伙伴也是个可怕的强盗。我们将一块把你的屋子搜遍。"

我们的劲敌将房间的门打开了。

"安尼，快去报警！"他说。随后一阵女人裙子飞快从过道扫过的声音传了过来，还传来了开门和关门的声音。

"我们的时间非常少，华生，"福尔摩斯说，"皮得司，你若是敢阻拦我们行事，我就先处理你。你叫人送来的棺材在什么地方？"

"你要棺材干什么？我们正用着呢。里面有尸体。"

"我要瞧一瞧尸体。"

"没经我允许，你就不可以。"

"那就不需要你允许。"福尔摩斯将这家伙一把推开，向大厅中奔去。我们立刻发现有一扇门没关严实，紧接着我们就进去了。里边是餐厅，天花板上挂着一盏树枝形的吊灯；昏暗的灯光下，那口棺材就搁在餐桌上边。福尔摩斯将煤气灯扭亮，将棺材的盖打开。棺材又长又宽，有一个又瘦又小的妇人躺在里边。那张衰老干瘪的脸被灯光笼罩着。不管他们如何摧残她，不管是疾病还是饥饿，都不可能将风韵犹存的弗朗西斯小姐折磨成这样。福尔摩斯先生非常惊讶，与此同时也放心了许多。

"感谢上帝，"他轻声地说，"这不是弗朗西斯女士。"

"哈哈，歇洛克·福尔摩斯先生，这回你可错得太荒唐了。"皮得司嚣张地说。

"这个棺材中的女人是什么人？"

"哦，你很感兴趣吗？我能告诉你。她是我妻子的老保姆，名叫柔丝·思班德。我在布克斯敦救济院的医院找到她，于是将她领回来了，请来给她治病的医生是住在佛尔班可别墅的霍森医生——麻烦你将这个住址记下来，福尔摩斯先生——我们无微不至地照顾她，尽了基督徒的本分。可她在这里住了三天就死了——病历卡上的死因是年迈衰亡，可是那只是医生的诊断，你绝对会有更好的见解。我们的葬礼由肯宁敦路的思第姆森公司负责办理，举行时间是明天上午八点钟。你可以挑出什么刺吗，福尔摩斯先生？你做了一件非常傻的事，还是如实交代吧。你揭开棺材盖，心想里边一定是弗朗西斯小姐，但出现在你眼中的却是一个九十岁的可怜老妇人。我真想为你拍一张你那个又呆又傻的模样的照片。"

面对对手的嘲弄，福尔摩斯的神情依然非常冷静，但他握得紧紧的拳头说明他心中非常愤怒。

"我必须将你的屋子搜查一遍。"他说。

"你还有什么可搜的？"皮得司大声吼道。这个时候过道中响起了女主人的声音和沉沉的脚步声。

"我们立刻就可以知道一切。警察先生，请这边走。这两个人硬闯到我们家，我们撵他们不走。请你们帮我把他们赶走吧。"

两个警察来到门口，福尔摩斯抽出一张名片。

"这是我的姓名和住址，这位是我的伙伴华生先生。"

"是你呀，福尔摩斯先生，我们久仰大名。"警长说，"你们没有拿到搜查令，你们必须离开这里。"

"没有搜查令就必须离开，这一点我非常明白。"

"将他们抓走！"皮得司大声吼道。

"假如这位先生有罪，我们清楚该怎样做。"警察严肃地说，"但是你们得赶快走，福尔摩斯先生。"

"没问题。华生，我们现在就离开。"

没过多久，我们又来到了大街上。福尔摩斯仍然一声不吭，但我却非常气愤，那两个警察也在我们后边。

"很抱歉，福尔摩斯先生，我们必须依法办事。"

"你说得很对，警察先生，你必须这样做。"

"我想没事你绝对不会到这里来的。若是我可以帮上忙——"

"一位小姐失踪了，警长先生，我们断定她被藏在那所住宅中。目前我们需要的就是搜查令。"

"让我去监视他们吧，福尔摩斯先生。一发现情况我就立刻告诉你。"

此时，九点刚过，我们立刻行动，竭尽全力地查询线索。首先，我们到了布克思敦救济医院。我们从那儿知道：几天以前，确实有一对慈善家夫妇来过，他们说那个患有痴呆症的老太太是他们从前的仆人，这样医院批准他们将她领走。后来没过几天，就听说她去世了，救济院的人认为老人的死很正常。

我们接下去的对象便是医生。当时，他应召出诊，看到那位老妇人因为体力衰竭，危在旦夕。事实上他是亲眼看着那妇人死去的。所以按正规程序签署了死亡证明。"我以人格担保，这件事上没有一点点异常现象。"他说，屋子中也没有什么能使他产生怀疑的东西，唯一奇怪的是像他们那种阶层的人竟然没有佣人。医生告诉我们的就是这些。

后来，我们去了伦敦警察厅。搜查令的办理手续非常复杂，浪费了很多时间。第二天早晨才能拿到地方法官那里签字。假如福尔摩斯九点来的话，就能与雷斯垂德一块去办理。这天就这么过去了。但是接近午夜时，我们那位警长朋友来告诉我们，他发现有灯在那所黑暗住宅的房间里面闪烁，可是并没有人进出。我们不得不耐心地等着天亮。歇洛克·福尔摩斯火气非常大，而且表情焦急，他不说话，也不休息。一个人坐在那儿，不断地吸烟，深锁着浓眉，细长的手指机械地在椅子扶手上不断地敲打着，不停地想着怎样把这个谜澄清。整整一夜，他在房间里来来回回地踱步，声音好几次都传到我的耳中。最后，我一大清早刚被叫醒，他就冲进我房里。他穿着晨衣，但脸色灰白，双眼深陷，我知道他又整夜未眠。

"何时举行葬礼？八点整吗？"他风风火火地问，"唉，现在已经七点二十啦！天哪！华生，神赐予我的脑袋究竟怎么了？快点吧，华生，快点！这可是有关人的生死存亡的大事——凶多吉少呀！如果我们去迟了，我不能原谅自己的！"

不到五分钟我们便上了马车。虽然如此迅速，但是当我们从大笨钟旁经过时，时间是七点三十五分了。当我们赶到布克斯敦路口时，已经响起了八点的钟声。庆幸的是对方与我们一样推迟了时间，到八点过十分的时候，枢车仍停在门口；直到我们的马累得直吐白沫的时候，才看见三个人抬着棺材走出了大门。福尔摩斯快速地冲上前去，阻止他们出门。

"搬回去！"福尔摩斯大声吼道，并伸出一只手将前边那个抬棺材的人拦住，"立刻搬回去！"

"你究竟想干什么？我再次申明，你有搜查令吗？"皮得司怒气冲冲地大声吼道，那副红扑扑的面孔出现在棺材的另一端。

"搜查令马上就到。这棺材也得搬回屋子里去，等待搜查。"

福尔摩斯威严的语气将那些抬棺材的人震住了。忽然，皮得司溜到房子里消失了。

"快些，华生，迅速点！起子在这儿！"棺材一搁到桌上，他就急忙说道，"这把给你，伙计！一分钟内将棺材打开奖你一个金币！不要问——赶快做吧！太好啦！再起一下，还剩一个！现在大家一起用力！开了，开了！终于开了！"

　　我们一齐动手，将棺材盖掀开了。盖一掀开，一股氯仿气味迎面冲来，让人感到窒息。有一个人躺在棺材中，浸满麻药的纱布将那人的头紧紧地包裹着。福尔摩斯迅速将纱布撕开，一副优雅、含蓄的中年妇人像雕塑一样秀丽的面孔出现在眼前。他立刻伸手扶起这位女士。

　　"她还活着吗？华生，还在呼吸吗？我们肯定没来迟！"

　　在三十多分钟里，眼前的情况好像告诉我们确实来迟了。弗朗西斯小姐因为吸入了过多的有毒氯仿气体，她已经停止了呼吸。后来，我们一会儿进行人工呼吸，一会注射乙醚，总而言之用上了一切科学方法，她终于轻微地颤动了一下眼皮，眼睛里出现了一丝朦胧的光泽，呈现出一丝生机。一辆马车向这边驶过来，福尔摩斯拉开窗帘向外看去。

　　"是雷斯垂德拿着搜查令来了。"他说，"他只会看着他的鸟飞走。唉！"

　　他听到过道里有沉沉的脚步声，说："另外有一个人，她照顾这位女士比我们更合适。早上好，格林先生，我认为我们必须将弗朗西斯小姐抬走，而且越早越好。现在葬礼可以接着进行，这位可怜的老妇人仍躺在棺材中，弗朗西斯小姐可不能陪她去见上帝。"

　　"我的好伙伴，如果你想将此案收入你的记录本，"那日夜间，福尔摩斯对我说，"可以归入到'聪明一世糊涂一时'那类中去。每个人都不可能不犯错误，但关键是他们可以及时意识到自己的错误，并加以改正。这次也许我得说，我的信誉有了点波动。那天夜间，似乎有一条什么线索在我的脑中浮现，眼皮底下也似乎有一句什么不寻常的话想要说出来，但仅是一瞬间，我没有太在意。那天天快亮时，我一下子记起了那些话，是菲利浦·格林向我转告的殡仪馆女主人的话：'许久以前就应该送去的，'她说，'但是这有些特殊，因此用了较长的时间。'她说的就是那口棺材，这句话的意思只可能是棺材尺寸的制作是特殊的。但是为何这样呢？我马上想到了那棺材非常深，但躺在里边的却是一个又瘦又小的老妇人。为何要用这样大的一口棺材装那样小的一具尸体呢？要有足够的空间装另外一个人，也就是说开一张死亡证明书葬掉的却是两个人。这一切原本是非常明白的，但我当时却没想到。将在八点钟举行弗朗西斯小姐的葬礼，在棺材出门之前将它截住是我们最后的破案机会。

"我们将她找到了，但她危在旦夕，但那最少也是个机会，这点在结局中也得到了证明。根据我的调查，这些家伙以前从未杀过人，直到最后一刻他们才使出了真正的暴力。他们将她埋掉，使人查不出死亡的原因。即使她又给挖了出来，他们还会有机会逃脱。我想他们就是这样计划的，后来的情况你也清楚。你瞧楼上那间又矮又小的房间，一直以来可怜的弗朗西斯小姐就被囚禁在那儿。他们冲进那间小房间，用氯仿把她给麻醉，再将她抬下楼，放进棺材之中，并在棺材中放入了更多的氯仿，以保证她一直处于昏迷状态。后来，再把棺材盖的螺丝拧得紧紧的，聪明的主意，华生。在犯罪史上这还是第一次用到。如果我们这位传教士朋友没有被雷斯垂德逮捕，有一天我们还会听到他无法无天的消息。"

临终的侦探

　　歇洛克·福尔摩斯的房东哈德森夫人，长期以来吃了特别多的苦头。不光是她的二楼一天到晚有怪异的并且常常是讨厌的客人到来，甚至她那位有名房客的生活也是怪怪的，没有任何规律，她的耐性一定饱受挑战。他不修边幅，简直让人无法想象：喜欢在特殊的时间听音乐；不时地在房间中练习枪法；做着奇怪的常常发出难闻气味的科学实验。他常常被暴力和危险的氛围笼罩着，这一切使他成为了全伦敦最差劲的房客。但是，他付的租金却非常高。我相信，我与福尔摩斯先生在一块的几年中，他所给的房租钱早就可以买下这幢房子了。

　　房东太太十分敬畏他，无论他的生活多么让人无法忍受，她从来也不敢去管他。她非常喜欢他，因为他在女人面前总是特别温和礼貌。他虽然不爱也不相信女人，但是他作为一个骑士精神的背叛者永远都不会改变。因为我明白她是诚心实意地关心着他，因此，在我结婚之后的第二年，房东太太来到我家对我说，我那可怜的伙伴，过着非常悲惨的生活时，我专心地听她述说着：

　　"他活不了多久啦，华生医生，"她对我说，"他病得非常厉害，而且整整三天不吃不喝，可能今天就会死去。他不让我去请医生。今天早晨，我见他脸两边的颧骨都高高地凸起，两只眼睛盯着我，我真的无法忍受。'你同意也好，不同意也罢，福尔摩斯先生，我马上就去请医生来。'我说。'那你就把华生叫来吧。'他说。为了他的性命，应抓紧时间，先生，不然，你或许就看不到他啦。"

我大吃一惊，因为他生病的事我一点也不知道。于是我二话没说，快速地穿好衣服戴上帽子。在途中，我让她告诉我具体的情况。

"其实也没有什么可说的，先生。这段时间，他在罗塞海特附近一条河边的小胡同中查案子，回来就得了这病。从星期天的下午躺在床上之后，他就再也没有起来过，整整三天他没喝一口水，没吃一口饭。"

"哦！上帝啊！你为何不去请医生？"

"他不允许，先生。他固执得很，你是明白的。我不敢违背他的话。他活着的时间也不多了。待会儿你见了他，就会清楚一切。"

他的模样真的非常悲惨。现在正是十一月份，空中有雾，在幽暗的灯光下，狭小的病房显得非常阴郁。可是更让人惨不忍睹的是，病床上那副消瘦且干瘪的面孔，由于高烧，眼睛红红的，脸颊也是通红，嘴唇黑黑的，皮都干裂开来。两只没有丝毫力气的手搁在床单上，不断地颤抖着，声音沙哑且急促。我走到屋子中的时候，他像死人一样地躺着。看见我，眼中闪现出一丝光泽，他还认得我。

"哎，华生，看来我们碰上倒霉日子啦，"他说话时，气息都在颤抖，不过他满不在乎的本性还在。

"哦！我可怜的朋友！"我激动地喊道，朝他走过去。

"离我远一些！马上离我远一些！"他竭力地喊着。他那异常紧张的神情，使我意识到事情的危险程度，"你如果想靠近我，华生，我请你马上出去。"

"为什么？"

"因为我想如此，这难道不可以吗？"

没错。哈德森太太说得没错。他比以前任何时候都更为蛮横、固执。但是看着他那张憔悴的脸又让人感到同情。

"我仅仅想帮你的忙。"我解释道。

"太好啦，你帮助我最好的办法就是我说什么你就做什么。"

"没问题，福尔摩斯先生。"

他那张严肃的面孔改变了一些。

"你不会生气吧?"他上气不接下气地问我。

可怜的家伙,看到他那么痛苦地躺在我面前,我怎么能生气呢?

"我这样做都是为了你好,华生。"他用沙哑且微弱的声音说。

"为我好?"

"我非常清楚我是怎么回事。我染上了从苏门答腊传过来的一种苦力病。这种病,荷兰人比我们更加了解,虽然到目前为止,他们仍未找到治疗的对策。但有一点是绝对的,这是一种非常可怕的疾病,极易传染。"

他说话时没有一点力气,似乎烧得非常厉害,大大的双手边颤抖边摇摆着,让我离他远一些。

"离我太近就会传染,华生,没错,你离我远一些就不会被传染。"

"哦!上帝,福尔摩斯!你觉得这样就可以阻止我吗?就算是不认识的人也无法阻止我,你觉得这样就能让我放弃对一个相识多年的好朋友的职责吗?"

我又向他走近,可是他对我大声地吼着,像一头发怒的狮子。

"假如你不再向前走,我就告诉你一切。不然,你就马上从这间房里出去。"

我一向都非常尊重福尔摩斯那崇高的品质,我非常顺从他,哪怕有时我并不明白是怎么回事。但是,目前我的职业性质促使我必须那样做。其他的事,我能按他说的办,但在这间病房中,我必须支配他。

"福尔摩斯,"我轻声说道,"你的病情非常严重。有病的人应该像小孩一样乖。我要给你检查病情。无论你反对或不反对,我必须立刻为你做检查,对症下药。"

他瞪着我的眼中充满了愤怒。

"假如我必须要看医生,那至少得找一个我信得过的。"他说。

"如此说来,你不相信我的医术?"

"我们之间的友情没有话说。可是，事情有轻重缓急之分，华生，你终究只是一名普普通通的医生，也没有太多的经验，资格也不够。说出这些话真的挺伤感情，但这都是你强迫我说的。"

这些话真的深深地伤害了我。

"这些话不该从你的口中说出，你说的话清楚地证明了你精神紧张，不过要是你信不过我，我也不会强迫你接受。我帮你去请贾斯帕·密克爵士或者彭罗斯·费舍，或者是伦敦其他任何医术最高明的医生。不管怎么讲，必须找个医生来给你看病。假如你以为，我能眼看着你病入膏肓而不管，连个医生也不肯为你请，那只能说你并不了解你的朋友！"

"我知道你是一番好心，华生，"福尔摩斯说道，像是呜咽，又像呻吟，"你难道非要我说出你的不足吗？我问你：打巴奴里热病你知道吗？黑色败血症你懂得吗？"

"这两种病我都不知道。"

"华生，东方有许多的罕见疾病，也有许多稀奇古怪的病理学现象。"他边说边停顿，以维持他微弱的气息。

"近段时间以来，我研究了一些关于医学犯罪方面的东西，从中收获不少。在进行研究的过程中，我被感染上这种病，我也是身不由己。"

"或许如你所说吧。但是，我听说爱因斯特里博士现在正在伦敦。他是目前还活在世上的热病权威之一。别再发犟，福尔摩斯先生。我马上就去请他来。"我坚决地转身朝门外走去。

我从未有过如此惊恐的感觉！他一下子从床上跳了起来，像一只凶猛的老虎一样，阻挡住我。他锁门的声音传到了我的耳中。几秒钟之后，他又摇摇摆摆地躺到床上。经过这一场激怒，他的体力消耗掉许多，疲惫到了极点，躺在床上大口地喘着气。

"你不会强行抢走我手中的钥匙吧？华生，我将你留下，我的伙伴，我不许你离开，你就甭想离开。但是，我会让你心满意足的。"

说这些话时他非常吃力，说一句就大口地呼吸一口空气。

"你都是为我好，这一点我非常清楚。你现在自由了，不过，给我一点时间，让我恢复一下体力。目前，华生，目前还不可以。此刻是四点整，六点钟时，我允许你离开。"

"你真的精神失常了，福尔摩斯。"

"绝不会超过两个小时，华生。六点钟我绝对让你离开这里。想等吗？"

"看来我也没有其他办法啦。"

"绝对没有，华生。谢谢你，我不需要你帮助我整理床铺。希望你站远一点。华生，还有一条我要告诉你。你能帮我请医生来，但是找来的人应由我来挑选，而不应由你去挑选。"

"没问题。"

"'没问题'是你进入房间之后说的第一句好听的话，华生，那边有书。我没有力气。如果在一个非导体中输入一组电池的电，你说它会觉得怎么样？六点钟，华生，我再与你谈。"

但是我们注定要在远不到 6 点时就又开始说话。这次的情形使我感到与他冲到门口那一次同样惊恐。我呆呆地站了一会儿，注视着病床上他默不作声的身影。他的面孔似乎被被子全部盖住。他好像已进入梦乡。我无法坐着看书，只好在房间中轻轻地来回走动，看着周围墙上贴着的那些有名的罪犯的相片。我心不在焉地走过去走过来。后来站在壁炉台前边。上边放着一些乱七八糟的物品，比如烟斗、烟丝袋、注射器、小刀、手枪子弹以及其他东西。上边还有一个由精美的黑白两色组合成的象牙小盒，盒上有一个小盖，可以活动的那种。这个小东西挺漂亮，我伸过手去拿，想看得更清楚一些，此时福尔摩斯大吼了一声——恐怕街上的行人都可以听见这一声吼叫。听到这声恐怖的叫声，我立即感到全身发凉，周身鸡皮疙瘩都起来了。我将头扭过来，看见了一副抽搐的面孔和一双惊恐的眼睛。我手拿着小盒子被他吓呆了。

"放下！赶快给我放下，华生！我命令你立刻给我放下！"他的脑袋又倒在枕头上了，等我将小盒子放回到壁炉台上之后，他才长长松了口气。

"我不喜欢任何人动我的东西，华生。我不喜欢，这点你早就清楚。你让我忍无可忍。你这医生，都快把病人逼到疯人院里去了。坐下，老兄，让我歇口气!"

这件偶然的事情让我非常不高兴。当初是野蛮和毫无理由的激动，后来又说出这样无理的话来，他平时那种和蔼可亲的态度与此刻相比简直是两样啊。这说明他的脑袋多么不清醒。在所有灾难中，智慧被摧毁是最让人痛惜的! 我不想再说一句话，心情非常糟，静静地等待着他定下的时间。我目不转睛地盯着钟，他好像也是一直盯着钟，因为六点一过，他就要开始与我谈话，与从前一样充满活力。

"此刻，华生，"他说，"你衣袋中有零钱吗?"

"有。"

"有银币吗?"

"非常多。"

"半个克朗的有几个?"

"有五个。"

"唉，太少了! 太少了! 太倒霉啦，华生! 不过就算这么少，你还是将它们装到衣袋中去吧，剩下的钱装到你左边裤子的口袋中，非常感谢。这样一来，你就不会失去平衡。"

简直是胡说八道。他开始抽搐起来，又发出那种如咳嗽又如呜咽的声音。

"现在，你将煤气灯点燃吧，华生，可是要当心，一次只能点燃一半，我请你当心，华生。非常感谢。这非常好。你不要拉上百叶窗，麻烦你将信和报纸搁在这张桌子上，我能拿到就行。谢谢你，再将壁炉台上的那些七零八乱的物品拿一些过来。太好啦，华生! 有一个方糖夹子在那上边。请你把那个象牙小盒子用夹子夹到这儿来，搁在报纸上边。

太好了！你现在可以去请卡弗顿·史密斯先生来，他住在下伯克大街13 号。"

说心里话，我已没有去请医生的心情了，因为我可怜的朋友现在正处于昏迷状态之中，万一我走后他有什么不测怎么办呢？但是，现在他却要指定那个医生给他治病，而且心中非常渴望，就如他刚刚不让我去请医生时的态度一样固执。

"这个名字我从未听说过。"我说。

"或许你真的不知道，我亲爱的华生。我对你讲了之后，或许你会非常吃惊，能治这种病的专业人士并不是医生，而是一个种植园主。现在卡弗顿·史密斯先生正在伦敦访问，他是苏门答腊非常有名的人物。他的庄园没有医疗条件，有次爆发了疫病，他只好亲自研究，而且收获非常大。他本人非常有原则，我不让你六点钟以前去，是由于我清楚他那时不在书房，你找不到他。假如你可以将他请来，他是治这种病的专家，治好我的病是没问题的——他最大的爱好就是对这种病进行研究——我绝对相信他会治好我的病。"

我连贯、完整地记录下福尔摩斯的话，没有指明实情。其实他的说话不时被喘息打断，双手紧握，这表明他有多痛苦。我和他待在一起的这几个小时里，他的病越来越严重：热病斑点越来越明显，深深凹下去的黑眼眶中发出的光芒更加可怕，脑门上不停地冒着虚汗。可是，他谈话时的那种特有的自在风度始终未变。哪怕是在只剩下最后一口气时，他也不会改变他是一个支配者的位置。

"把我现在的情况详细地对他讲一下，"他说，"必须将你心中的真实感受都说出来，比如奄奄一息啦，神志不清啦！确实，我想不出，牡蛎看上去繁殖力那么强，为什么整个海底不是一大块牡蛎呀？哦！我头脑不清啦！太奇怪了，脑子要控制脑子！我都说了些什么啦，华生？"

"让我去请卡弗顿·史密斯先生。"

"嗬，没错，我想起来了。我的生命掌握在他的手中，快去请他来，华生。我与他并不是十分友好，他有一个侄子，华生——我曾怀疑那里边有什么阴谋，我让他明白了这一点。那孩子死得非常惨。史密斯恨死我了。你一定要把他请来，华生。哪怕是乞求他，总之想尽一切办法将他请来。他可以让我活下去——只有他才能救我！"

"有必要的话，我会拖他上车的。"

"这可不好。你应让他心甘情愿地跟你来。但是你必须在他来之前先到这儿来。不管你用什么借口都行，绝不可以与他同来，记好，华生。我相信你会做好的。我一向都非常相信你。那么说来，这世界会被牡蛎侵占吗？华生，我俩都已做了我们该做的。这样的话，繁衍的牡蛎会不会将这个世界覆盖呢？不可能的，不可能的，多恐怖啊！你要说出你心中所想的一切。"

他如一个傻小孩一样胡说八道，而且没完没了，我也由他说去。他将钥匙给我，我很高兴，马上拿过钥匙，否则，他会将他反锁在房间里。哈德森太太仍站在过道中等着，浑身发抖，眼泪汪汪。我离开屋子，还听见身后福尔摩斯那乱喊乱叫又尖又细的声音。在楼下，我正准备招呼马车的时候，从雾中走过来一个人影。

"福尔摩斯先生到底怎么啦？先生。"他问我。

走近一看才知是老朋友——伦敦警察厅的莫顿警长。他穿着花呢便衣。

"他病得不轻。"我说道。

他看着我时的眼神特别古怪。我不想产生什么恶毒的想法，但从车灯下看着他的脸，我感觉他似乎非常得意。

"我听到过一些他生病的传言。"他说。

马车向前驶去，我与他分开了。

下伯克街以前是诺廷希尔和肯辛顿的交界处，这个地方的房屋看上去不错。在一幢房子前边马车停了下来。这是一幢有老式铁栏杆的房屋，闪光的铜饰和双扇大门显示出一种体面且庄严的高贵气派。与之相媲美的是一个表情严肃的管家，淡红色的电灯光从他身后射出来。他与这儿的一切都非常相称。

"卡弗顿·史密斯先生在屋子里，华生医生！我帮你把名片转交给他。"

我无足轻重的名字和头衔看来激不起卡弗顿先生的兴趣。从半掩着的门中，一个嗓门大大的、暴躁难听的声音传到我的耳中。

"那人是谁？他想干什么？老天，斯达帕斯，我说过多少次了，我做研究时不能受干扰！"

管家小心翼翼地给他进行了一番劝慰性的解释。

"噢，我谁也不见，斯达帕斯。我不会中断我的工作。我不在家，你就这样告诉他吧。如果他一定要见我，就让他明天早晨再来。"

福尔摩斯被痛苦折磨的身影不断在我脑海中浮现，他痛苦地等待着，等待着我给他带去好消息。此刻已不是讲礼貌的时候。我办事的时间长短直接关系到他的生与死。惹主人生气的管家还未出来传达主人的话，我已破门而入。

随着一声怒吼，一个人从火边的靠椅站了起来。只见一副蜡黄的脸，脸上堆满了肉，似乎已向外渗出油来；又肥又大的双层下巴，注视着我的眼睛阴森可怕，眼睛上的茶色眉毛毛茸茸的，秃秃的额上一只天鹅绒的吸烟小帽矫揉造作地斜扣着，压住了一侧红色的卷发。他的头非常大，但我朝下看时，不由得非常吃惊，此人的身体又瘦又小，双肩和后背都已佝偻，似乎在小的时候患过什么怪病。

"到底怎么搞的？"他大声地吼着，"你这样闯进来算怎么回事？我不是让人告诉你明早见你吗？"

"非常抱歉，先生，"我说，"事情太紧急了。歇洛克·福尔摩斯先生……"

听到我伙伴的名字，眼前这个矮个子人发生了异常的变化。他满脸的怒火马上不见了，呈现出紧张且警惕的神情。

"你是从福尔摩斯那里来的?"他说。

"我刚刚由他那里来。"

"福尔摩斯怎样啦?他近来好吗?"

"他病得非常厉害,我来找你就因为此事。"

他示意我坐下,他本人也在一把椅子上坐了下来。正在此时,他的脸被我从壁炉墙上的一面镜子中扫视了一眼。我敢说,一种恶毒且阴险的奸笑从他脸上呈现出来,但是我立刻又想,或许是我的某根神经受到了意外牵引,从而产生了紧张状态,因为几秒钟之后,他回过头来望着我时,脸上呈现出的神情是真诚的关怀。

"听到这个不幸的消息,我非常难过,"他说,"我与福尔摩斯先生相识只是通过几笔生意,但是我非常敬佩他的才智和性格。他在闲暇时经常探索犯罪学,我在闲暇时经常探索病理学。他的兴趣是恶棍,而我的则是细菌。那些就是我的监狱。"他边说边用手指着一张小桌子上的一些瓶子、罐子。"这儿的胶质培养基中,就有世上最恶毒的犯罪分子正在服刑呢。"

"就是由于你有着特别的知识,福尔摩斯先生才让我来找你。他竭力称赞你,认为在全伦敦只有你可以治好他的病。"

这个矮个子非常吃惊,那顶时髦的吸烟帽都掉到地上了。

"为什么?"他问我,"福尔摩斯为何觉得只有我才能治好他的病?"

"因为你了解东方的疾病。"

"他怎么想到他患的病是东方疾病呢?"

"因为,他在做一些职业性的调查时,和中国的水手一起在码头上工作过。"

卡弗顿·史密斯先生露出得意的笑容,将他的吸烟帽抬了抬。

"哦,原来如此,真是这样的吗?"他说,"我觉得情况并非你说的那么厉害吧。他病了多久?"

"接近三天。"

"神志不清吗？"

"有时是那样。"

"唉！那就危险了。不答应他的要求太不近情理。尽管我实在讨厌做事时被打断，华生医生。但是，特殊的事情应特殊对待。我立即就与你前去。"

我记起了福尔摩斯先生的嘱咐。

"我另外有约。"我抢先说道。

"没事。我自己去就行。福尔摩斯先生的地址我这儿有。你不用担心，我在三十分钟内绝对到达。"

我怀着忐忑不安的心情回到了福尔摩斯的房间中。我担心他会在我离开的这段时间内发生什么意外。这时，他比先前好了许多。我也放心了。但他的脸还是那样苍白，只是此刻他比较清醒。他说话时的声音非常微弱，只是没有以前那样迷糊。

"哦，你找到他了吗？华生。"

"找到了。他立刻就到。"

"太好啦！华生，太好啦！你是最出色的信使。"

"他本来打算与我同来。"

"那肯定是不可以的，华生，也绝对不能那样做。我生的是什么病，他问过吗？"

"我对他说是有关东方中国人的病。"

"没错！太好啦，你真是我的好朋友。现在你能离开了。"

"我要留在这里，我想听一下他的见解，福尔摩斯。"

"没问题。只是，假如他觉得这儿只有我与他两个人，我敢保证他的见解会更加坦诚一些，更加有意义一些。在我床头后边正好有一块空地方，华生。"

"福尔摩斯！"

"我想没有其他方法了，华生，这个位置不那么适合藏人，但也难让别人产生怀疑。就在那里藏起来吧，华生，我认为可以。"

他一下子坐了起来，苍白的面孔呈现出庄重且专注的神情。"车轮声传来了，迅速点，华生，迅速点！老兄，假如你确实是我的好朋友。你不准动，无论发生什么事，你千万不要动，明白吗？不要说话！不要动！只是听着就可以啦。"

瞬间，他那突然振奋起来的精神就烟消云散了，他那有力的声音变为了神志不清的虚弱的喘息声。

我立刻藏起来。外边传来了上楼梯的脚步声、开门的声音和关门的声音。后来，我感到非常奇怪：好长一段时间都悄无声息，只剩福尔摩斯艰难的吸气和呼气的声音。我可以想到，我们的客人在离病人非常近的地方进行观察。

"福尔摩斯！"他喊着，"福尔摩斯！"就如唤醒沉睡的人那般迫切的声音。"我喊你，你能听见吗？福尔摩斯？"有沙沙的声音响起，似乎是在推病人的肩膀。

"是史密斯先生吗？"福尔摩斯轻声地问道，"想不到你真的来了。"

我的耳旁传来那个人的笑声。

"我可从未这样想过，"他说，"你睁开眼睛看看，我来了。这就是以德报怨，福尔摩斯先生——以德报怨呀！"

"你太好——太高尚啦。我佩服你超人的才华。"

来客讥讽地一笑："你才是令人佩服的。幸运的是，你是全伦敦唯一一个对我表示佩服的人。你患的是什么病，你明白吗？"

"相同的病。"福尔摩斯说。

"哦！你清楚病症？"

"非常清楚。"

"哦，我不会因此而感到有什么稀奇，福尔摩斯。假如是同样的病，我也不会感到稀奇。假如是同样的病，你的前景可糟透了。可怜的维克托也是患的这种病，在第四天时就命丧九泉了。他生前可是身体强壮的呀。像你说的那样，他竟然在伦敦的中心区染上这种稀奇的东方疾病，这种病正好又是我专门研究过的。你说得对，这当然很让人吃惊。福尔摩斯，你注意到了这点，太了不起啦。我必须毫不留情地说出来，不过说这其中有因果关系也太无情了吧。"

"我清楚是你所为。"

"噢，你清楚，真的吗？但是你到底还是没有证据。你在满世界说我的坏话，今天你自己患病，竟然又求我给你治病，你到底是怎么想的？你究竟在搞什么玩意儿——呃？"

我听到福尔摩斯上气不接下气的喘息声。"水！水！给我水！"他吃力地说着。

"你马上就要死了，我的伙伴。但是，我必须和你把有些话说清楚，在你死之前。因此我给你水。拿好，别洒了！没错，你明白我说话的意思吗？"

福尔摩斯痛苦地哼着。

"求你救救我吧。以前的事就让它过去吧，"他小声地说，"我绝对忘记我所说的一切，我发誓，我绝对做到。只要你帮我恢复健康，我就忘记一切。"

"把什么忘记？"

"唉，把维克托·萨维奇是如何死的忘记。其实刚刚你已经说了，那都是你所为。我保证忘记它。"

"无论你忘记也好，不忘记也好，都随便你。在证人席上我是不可能看到你了。我将话对你说明白吧，可怜的福尔摩斯，就算看到你，也是在其他情况下，一个特别的席位上。你清楚我侄子的死因又如何，你又能对我怎么样。现在我所说的是你而不是他。"

"没错，没错。"

"去请我的那个人，我已不记得他的名字。他告诉我，你的病是在东方水手那儿染上的。"

"我只能这么认为。"

"你觉得你的头脑聪明过人吗？很抱歉，福尔摩斯！你觉得你非常有本事，对吗？这一次，你碰到了比你还要聪明、还要有本事的人啦。你好好想想吧，福尔摩斯，你染上这种病难道不可能是其他原因吗？"

"我无法想事情，我的大脑已不起作用。给上帝一点面子，帮帮我吧！"

"会的，我会帮你的。我会帮你搞清楚你目前的遭遇和你搞到今天这个样子的原因。在你归天之前，我会让你明白一切的。"

"求你给我些药，让我不要这样痛苦吧。"

"你也知道痛苦？确实，苦力们在临死的时候都会发出几声号叫，痉挛发作了吧，我想是。"

"是的，是的。是痉挛。"

"哦，但是你还能听见我说的话。现在听好！在你刚刚患病的时候，你碰到过什么异常事情吗？"

"没有，没有，绝对没有。"

"仔细回忆一下。"

"我的病太严重，什么也记不起来啦。"

"嗯，还是我帮你记吧。有什么邮件寄给你吗？"

"邮件？"

"突然收到的一个小盒子！"

"我头痛，我要死了！"

"听好，福尔摩斯！"传出一阵沙沙声，似乎病入膏肓的人正被他用力地摇晃着。我只能按捺住自己，一动不动地藏着，"你必须听我说，你要听我说。你记得一个盒子——一个象牙盒子吗？星期三收到的。你打开了它，记得吗？"

"对，对，我打开了盒子。有一根尖锐的弹簧在里边，有人在开玩笑。"

"绝对不是开玩笑。你被骗了。你真是个蠢货,这是你的报应。谁让你来得罪我的?假如当初你不那样对我,我现在也不会如此对你。"

"我想起来了,"福尔摩斯吃力地说道,"里边的弹簧!它把我刺出血来啦,就是在桌子上搁着的那个小盒子。"

"就是它,没错!我可以放进口袋里一走了之。你最后一点证据也没了。你现在知道了一切吧,福尔摩斯。你明白了,你是被我害死的,你能合上你的双眼。维克托·萨维奇的命运我最清楚不过,因此我让你也来感受感受。你就要完蛋了,福尔摩斯。我会坐在你旁边,亲眼看着你完蛋。"

福尔摩斯的声音越来越微弱,几乎听不见了。

"你哼哼什么?"史密斯问道,"将煤气灯弄亮一些?哦,天快黑了,对吗?行,我帮你弄吧?我能将你看得更加清楚。"他走过房间,一下子一片光亮。"还要我帮你做什么事吗,伙计?"

"火柴,香烟。"

我感到惊喜,几乎大喊起来。他说话的力度又回到了从前,虽然仍有些吃力,但这是我希望听到的声音。好长一段时间,都是寂静的。我觉得卡弗顿·史密斯默不吭声,十分诧异地待在那儿,盯着我的朋友。

"到底是怎么回事?"我终于听到他说话,声音几乎在颤抖。

"要成功地扮演一个角色,最好的方法是认真地去当那个角色,"福尔摩斯说道,"实话告诉你吧,我整整三天没吃没喝,谢谢你的好心,倒了一杯水给我。可是,最让我难以忍受的还是没有烟抽。哦,香烟在这儿。"我听到划火柴的响声。

"噢,真舒服。喂!喂!我听到有一位朋友上来了。"

脚步声从外边传进来。门被推开,莫顿警长走了进来。

"一切顺利,你要找的人就在这里。"福尔摩斯说道。

警长发出了一贯的警告:"我正式逮捕你!以你谋杀维克托·萨维奇的罪名。"

"还应该加一条。一个名叫歇洛克·福尔摩斯的人也曾被他企图谋害。"我的伙伴边笑边说，"为了帮助病人，警长，卡弗顿·史密斯先生太高尚了，他扭大煤气灯，把我们的信号发出。顺便提一句，还有一个小盒子在罪犯上衣右边的衣袋中。为了安全起见，还是脱下他的外衣吧。谢谢你。假如我是你。我会非常小心地拿着它。放在那里，在审判中或许有用。"

忽然传来一阵嘈杂和扭打声，接着是铁器的碰撞声和一声惨叫。

"你越挣扎就越痛苦，"警长说道，"不要再挣扎，听见了吗？"咔嚓一声响，手铐锁上了。

"好一个圈套！上被告席的不是我，应该是福尔摩斯。他让我来给他帮忙。我为了救他，才来的。等会儿他肯定会编造出一番话，假称是我说的，以此证明他那凭空猜测是正确的。随便你去撒谎，福尔摩斯。我说的和你说的一样不可怀疑。"

"哦，上帝啊！"福尔摩斯大声叫着，"我竟然把他给忘了。我亲爱的华生，非常非常抱歉。想想我居然忽略了你！没必要向你介绍卡弗顿·史密斯先生，因为在我之前，你与他已经见过面了。有马车在外边吗？我换一套衣服就和你一块去，或许我到警察局对你们还有些帮助。"

"我已不需要这身装扮了。"福尔摩斯说。他在整理自己衣服的时候，喝了一杯葡萄酒，吃了一些饼干，精神也振作起来了。"不过，我的生活毫无规律，你是知道的。我并不在乎这些，但对别人或许不能。主要是哈德森太太完全相信我的一切，因为我需要她做中间人。她告诉你，你再告诉他。你不会介意吧，华生？你应该明白，你不具备表演的天才，假如我的机密让你知道，你绝对不会风风火火地去找他来，全部计划的关键部分就在此。我明白他是有意来报复我的，因此我断定他绝对会来瞧瞧他的杰作。"

"但是你的那副面孔，福尔摩斯，你那副苍白的面孔如何解释呢？"

"三天不吃不喝，你的脸会好看吗？华生。关于其他，仅需一块海绵便能处理好。将凡士林抹在头上，滴点颠茄在眼中，涂点口红在颧骨上，涂一层蜡在嘴唇上，便能解决一切。许多时候我就想以生病为题材写文章。不时地说说半个克朗啦，牡蛎啦，和其他无聊的话题，就可以产生神志混乱的效果。"

"可是事实上你并未染上疾病，你为何不让我走近你呢？"

"你问这个呀，我亲爱的朋友，你觉得我是真的看不上你的医术吗？我这个病入膏肓的病人不管多么虚弱，可是我的心跳正常，体温正常，这是不可能逃过你锐利的双眼的，只有我与你之间相隔四码以上的距离，才可以逃过你的双眼。我如果不这样做，史密斯又怎么会被你骗到我的圈套之中呢？不会的，华生。我不可能打开那个盒子。当你打开那个小盒子，从盒子侧边看，你便会发现有一个像毒蛇牙齿一样伸出来的弹簧。这个恶魔想继承遗产，但萨维奇却阻碍着他，我相信，可怜的萨维奇就是他用这种恶毒的方法给谋杀的。我清楚，我收到过千奇百怪的邮件，只要是我收到的邮件，我都非常小心谨慎。我非常明白，我故意让他知道我已中了他的阴谋，这样我才会杀他个措手不及，让他不打自招。我装病的表演完全像艺术家吧。感谢你，华生，你必须帮我换上衣裳。我到警察局协助办完事之后，我们一起到辛普森餐馆痛快地吃一顿，好好补充一下这几天损失的能量！"

最后的致意

歇洛克·福尔摩斯的谢幕

那个世界历史上最恐怖的八月，准确一点的时间是八月二日晚上十点整。人们或许早就料到了这一切，这或许是上天的安排。世界开始了它的灾难，而且最后的残酷现实是灾难不断。太阳早就掉进了那遥远的西山，但此时此刻天边仍然残留着一道血红色的伤痕，伤痕低低地悬挂在同样遥远的西边天际。夜空的星星在闪烁着，海湾停泊着亮灯的海船。两个很出名的德国人站立在庄园的树林小径边，在他们的身后不远处是几排低矮的房子。他们的视线已经到达了悬崖下的那个大海湾。冯·波克早在四年前就居住在这里。站在冯·波克身边的那个德国人是他的同伴冯·赫林男爵。他们把吸完的烟蒂扔在脚下，这未熄灭的烟头在夜晚的衬托下更像妖魔的两只凶恶眼睛。

冯·波克是一个出色的德国间谍。他是德国皇帝手下间谍队伍中的佼佼者。他被派往英国去执行一个非常重要的任务。他的能力在这次任务中表现得异常突出，真正把他所有的能力都发挥了出来。冯·赫林是世界上为数不多知道冯·波克要执行这次任务的人，冯·赫林是德国驻英国公使馆的一等秘书。男爵那100马力的奔驰大轿车这时正挤在乡间小道上，等着把主人送回伦敦。

冯·赫林一边开车一边对冯·波克说："依我看来，你可能在这个星期内就能够回到柏林。你一回到德国，就会受到前所未有的欢迎的，你可是国家英雄啊。"他的吹捧技术并不赖，这就是他能够在德国官场平步青云的主要原因。冯·波克感到非常受用，他笑得很得意。

"在我的眼里，他们什么都不是，他们连最起码的防范意识都没有。"冯·波克自豪地说。

"这是我没有想到的。他们那些怪异的规矩，我们必须遵守，这是我们跟他们玩的游戏原则。英国人给别人的第一感觉就是很谦逊很和善，如果我们也这么认为的话，那就犯了一个天大的错误。对付英国人我们要小心，小心，再小心。"

"你是说他们对待外国人最开始的礼节性见面吗？"冯·波克说完就长叹一声，仿佛有过这种经历一样。

"英国人对待外国人有多种不同并且十分怪异的方法，他们往往是从礼节上入手。我想我应该吸取这方面的教训，我曾经上了他们的当，这也许是我工作上的失职吧。记得那是我第一次来到伦敦担任公使馆一等秘书的时候，英国人迫不及待地开始试探我来了。他们请我参加一次隆重的晚会，晚会上有伦敦政界上的风云人物。"

冯·波克冷淡地说道："晚会的地点，我去过。"

"我很高兴地把这次晚会的重要内容向柏林汇报了。这是我的工作职责。我万万没有想到我们的首相大人根本不把这件事当作一回事，他根本就没有想到向外界透露这一消息的后果，他竟然在广播中自豪地宣称他对这次晚会的内容早就了如指掌，他又延伸了他对英国情况的了解程度。后果是英国政府出面追究这件事，我难堪极了，我所扮演的角色暴露了出来。我不得不沉寂了长达两年之久，而你就不同了。"

"你说我的与众不同是因为我的身体特别棒吧？对于这一点，我也很信任自己，我爱好运动。"

"正是因为你拥有这方面的条件，所以你在工作的时候特别得心应手。你的人缘好得令人羡慕，甚至达到让人妒忌的程度。你跟他们一起愉快地比赛划船，一同打猎，还跟他们一起打马球，你简直是体育专家，体育运动上的天才。你还跟年轻的军官打过拳击，你简直是全能型运动员了。你在生活方面也很不一般，你的生活奢侈，更像一个浪荡子弟，你什么都不怕，你的性格是那么坚定、稳重、叛逆。你给他们造成的表面假象，一直都让他们深信不疑，你的工作中心就是在这块鲜为人知的土地上，在这块宁静的乡村庄园中。你对英国的情报打击，有一大半是在这块土地上完成的。谁也不知道你的真实身份，除了我和德国几个显赫人物，你假扮得简直天衣无缝！"

"你太客气了，这似乎有点夸张，赫林先生。虽然我在英国的这几年的确为我们伟大的国家做了一点事，但是贡献还没有你说的那么大。我邀请你到我的密室里参观一下。你不会反对吧？"

冯·波克的密室是在他的书房里。他们一前一后小心翼翼地走向书房。冯·波克拿出钥匙打开了房门，然后又推了一下，在门墙上"咔嗒"打了一掌，书房里的电灯立刻就亮了起来。冯·波克又小心地关上了门，他飞快地奔向窗口，又飞快地拉紧了窗帘。电灯的灯光照射范围只在书房里。

冯·波克这时才对冯·赫林说道："我的妻子和家人在昨天下午的时候离开了这里。那些不是很重要的文件由他们带走了，重要的文件我会让使馆保管。"

冯·赫林说："你的名字很重要，我们伟大的国家不会让你的名字遭受任何人的涂改和删除。不过我们也不必离开英国，留在英国的机会很多。英国极有可能不顾法国的安危，据我的猜测，英法两国肯定没有签订生死共存的条约。"

"比利时呢？"冯·波克不放心地问。

"差不多。"

冯·波克不相信地说道："要知道他们早就签了条约的。比利时只不过是他们的替死鬼罢了。"

"比利时这样做也是迫不得已的，他们也需要国家安全。"

"难道比利时就愿意永远背着这个窝囊的黑锅吗？"

"嘿嘿，我的先生，我们这个世界风云莫测，大家都只追求自己的功名利禄。战争一旦爆发，我们伟大的祖国将会一往无前，所向无敌，战争带来的利润将超过五千万英镑以上。我们祖国的目的已经在战争准备前就向世人展示了。但是，可怜的英国却什么也没有准备。英国人很大方呀，他们愿意抛弃百年邻邦的法国、比利时，他们这样做也开门见山地向全世界展示了他们的内心世界。他们愿意用法国、比利时的领土换取英国的和平。一句话，他们干的是卖友求荣的勾当，他们很自私。爱尔兰内战是我们挑起的，他们直到现在还在自己人打自己人，除了上帝外没有人知道是我们干的。英国人真是糟糕透顶了，一群大傻瓜。"

"英国应该好好清醒一下了，要知道我们祖国的嘴巴很大，胃口也不小。"

"哼，这是英国人自己的事情，他们喜欢做亡国奴就让他们做吧。你提供的情报非常有利于我们国家参考采用怎样的态度对付英国佬。英国人的态度十分不硬朗，不过，放心，我们的祖国早已经做好了一切对付英国的准备。英国在这个星期的一举一动都关系着他们的国家安全，这也是他们面临着生死抉择的时刻。好了，看看你的文件，我倒要看看你这个天才间谍是怎样处理你千辛万苦得来的机密文件的。"冯·赫林悠闲地吸着他的香烟。

冯·波克走到了左侧的一面墙壁前，他在墙壁上猛然推了三下，那面墙壁突然由外向里转动了起来，另外一个房间的房门出现在他们面前，这就是冯·波克的密室。密室的正中央摆放着一个大立柜，大立柜是用青铜制造的，他在大立柜面前折腾了一阵，大柜门被打开了。

密室里强烈的灯光把打开的大立柜照得通亮。冯·赫林全神贯注地望着大立柜里井然有序的抽屉，每个抽屉上都贴有一个醒目的标签。他看到了很多标签上的字："浅滩""港口防御""战斗机""爱尔兰内战始末""直布罗陀海峡兵力分布"，等等。每个抽屉都装满了和标签内容相符合的文件和机密计划。

冯·赫林说："很周密!"他忍不住拍掌叫好起来。

"这就是我在英国从事间谍生活四年的成绩。你说要是让一个浪荡公子来干这些事，他能不能干好呢，可以马上得出结论，他一件事情也干不了。马上我又要把一个十分机密的文件藏到这里来。"冯·波克用手指着一个抽屉，标签上标着"海军机密"。

冯·赫林不解地问道："但是抽屉里已经有了一卷材料了呀，还有什么机密文件?"

冯·波克回答："里面存放的已经不重要了，英国海军总部嗅觉不错，他们得知情况后，立刻就把密码换掉了，但不要紧，我还有最后的王牌，我的好帮手阿尔达蒙掌握了最新的英国海军机密。今天晚上他会为我们带来好消息的。"

冯·赫林看了看表，他手表的时针已经到达深夜十二点了。他皱了一下眉头，说道："很抱歉，同样，我也很遗憾。我没有时间了，我必须马上赶回卡尔顿街去，我的情况你是清楚的，我们必须严格坚守自己的岗位。你的好消息我不能先为你带回去和他们分享了。阿尔达蒙没有和你约定时间吗?"

冯·波克从衣服的口袋里掏出了一封电报。

今晚我带火花塞来。

阿尔达蒙

"火花塞，这是什么意思?"

"阿尔达蒙假扮成汽车专家，我开了一个汽车商店，这是我们联络的机密暗号。假如他说散热器，那就是说战列舰;说油泵，指的是巡洋舰，等等。火花塞是海军机密。"

"中午从甫兹茅斯发来的电报，"赫林男爵边说边查看姓名地址，"你准备怎么谢他?"

"事成之后，我赏给他五百英镑，还有其他奖金，不下一千英镑。"

"阿尔达蒙这个爱财如命的家伙，他不惜一切代价出卖自己的祖国，为的是得到这些钱!"

"阿尔达蒙这个家伙的确爱财如命,不过他干事非常棒,做大事严谨,做小事也不马虎。你给他多少钱,他就给你干多大的事情。他也不是什么卖国贼,我敢说,和一个冷酷的爱尔兰血统的美国人比起来,我们那最为偏激的泛日耳曼主义贵族对待英国也不过像一只小鸽子。"

"阿尔达蒙是爱尔兰血统的美国人?"

"你如果听他说上几句话,就不会怀疑这个了。我不妨告诉你,有时我简直无法理解他。他好像不仅向英国国王宣战了,而且也向皇家正宗英语宣战。哎,你现在马上就要走吗?他可能马上就要来了。"

"很遗憾,我不能再等下去了。明天清早,我们会等着你的。你从约克公爵地盘的那扇小门里拿到信号本后,你在英国的使命就画上了圆满的句号。什么!托考伊酒!"他指着托盘上一只落满灰尘、瓶盖封死的酒瓶。酒瓶旁放着两只高脚酒杯。

"你走之前喝一杯,怎么样?"

"不了,多谢。看样子你是要开怀畅饮啰。"

"阿尔达蒙极善品酒,他非常喜欢我的托考伊酒。他这人不好相处,有些小事得迁就他些。我向你保证,我不得不对他做一番研究。"

他们又走到平台上。平台的那一头,男爵的司机发动了大轿车,车子震颤着发出嗡嗡的声音。"那些是哈文奇的灯火吧,我估计,"秘书说着穿上了风衣,"这一切显得多么宁静祥和啊。要不了一周也许就是另一种火光,英国海岸也再没有这么安宁了!这可是一个光明笼罩在我们祖国头上的夜晚。咦,谁?"

在波克的身后只有一个窗口露出了灯光,屋里放着一盏明亮的灯。一个慈祥的老太婆坐在小桌边。她低着头在织着什么东西,时不时停下来抚摸她左侧椅子上的大黑猫。波克说:"她叫玛撒,我特地留下来的仆人。"赫林哈哈一笑。

"她简直就是不列颠的化身!一副心无旁骛的模样,悠闲得让人昏昏欲睡。再见，我的天才冯·波克先生！"

他最后挥了挥手，就钻进了车里。他闭上了眼睛，他的司机开得很专心，车在乡村小路上颠来颠去。这时迎面开来了一辆福特汽车，赫林没有注意到。波克目送着赫林男爵远去后，转身走向自己的书房。他看到女仆的灯熄灭了，并且还关上了窗户。他知道自己也应该休息了。此时此刻，他的庄园一片寂静，他感觉这里是多么安全和舒适啊。这个夜晚是属于他的，他想到了书房那些重要的机密文件还等着他去处理呢。于是，他就快步走回了书房。一些不重要的文件都被他一把一把地扔进熊熊燃烧的壁炉里。在他的身后还有一个精致的旅行提包，那是他专门用来装一定要带走的贵重机密文件的。就在这个时候，他那时刻清醒的头脑感觉到了远处有一辆汽车正在驶过来，他的脸色在火光的照射下显得轻松多了。他愉快地走出了书房，他走下台阶的时候，一辆福特汽车正好开进了庄园的停车场。很快，汽车里就钻出了一个人，并且快速向波克走去，留在车里的司机是个中年人，胡子有些变白了。他坐在驾驶座里悠闲得很。

"你好啊，朋友！"冯·波克迫不及待地迎了上去，他的声音很响亮。

从车上下来的那个人边走边摇晃他手中的一个黑皮小包，算是回答了他。

"今天晚上是值得庆祝的。波克先生，我终于大胜而回。"那个人说道。

"东西呢？在你手上吗？"

"同我在电报里说的一样。一样也不缺，旗语啦，信号灯密码啦，马可尼无线电码啦。不过，听着，是复制品，不是原件。拿走原件太危险了。可这是真货，你大可放心。"他大摇大摆地走到波克面前，伸出手重重地拍了拍波克的肩膀，样子显得挺亲热的，波克避开了这种亲热的方式。

"跟我来，我一个人在家，就等着这个。复制品挺好，丢了原件，英国佬又会换掉的，那可不妙。阿尔达蒙你敢担保你这包里面的东西没有问题吗？"

这个爱尔兰血统的美国人走进了书房，坐在扶椅上，修长的四肢舒展着。他六十岁左右，又高又瘦，面容清癯，留着一小撮山羊胡子，就像山姆大叔的漫画像。他嘴角叼着一支抽了一半的雪茄烟，烟被唾液浸湿了，他坐下后又划了根火柴重新点燃了烟。

"我敢用我的性命担保，我们合作了这么久，你连这个都不相信我吗？太不够意思了吧！"

"这可是我最后一次行动了，我不能有什么闪失。要不然，你叫我怎样在我的间谍生涯上画上一个圆满的句号。"

"嘿，先生，"他又说道，这时帘幕已经拉开，他的眼睛落到了保险柜上，"我尊敬的天才波克先生，你难道把文件都放在这里吗？"

波克不以为然地问道："有什么不妥吗？"

阿尔达蒙从扶手椅中站了起来，走到保险柜前，指着保险柜说道："哎呀呀，放在这么一只靠不住的新玩意儿里面！他们会把你当作间谍的。得了吧，美国偷儿用把罐头起子就能打开它。早知道我的信放在这么一个靠不住的地方，傻瓜才会给你写信呢。"

"对那个保险柜，哪个偷儿也没法下手，"冯·波克答道，"没有任何工具能切开那种金属。"

"可是锁呢？"

"不行的，这是双保险锁。你知道是怎么一回事吗？"

"我可不晓得，"美国人说。

"嗯，你得有个词，还得有组数字，才能开锁。"他站起来，指着钥匙孔周围的双层拨号盘，"外面的拨字母，里面一层拨数字。"

"嗯，嗯，不错。"

"所以，不像你想的那么简单吧。是我四年前定做的，你猜我选定了哪个词，哪些数字？"

"我猜不出。"

"我选择的字母是'八月'，数字是'1914'。瞧！"波克说着展示给阿尔达蒙看了。

"哎呀，真了不起！你活儿干得真棒。"

"是不是除了我，世界上再也没有人会想到这些？现在你知道了。我明天一大早就关门大吉了。"

"我呢？波克先生，你怎么安排我？我想你不会丢下我一个人不管吧？要知道我和你一样敌视这个国家。我想，用不了一个星期，约翰牛就要发火了。他可不希望别人知道英国的军事秘密。我应该早走为妙。"阿尔达蒙说。

波克说："但是你是美国人啊！"

阿尔达蒙马上说："行了，杰克·詹姆斯也是美国公民，还不是照样在波特兰蹲班房。那些英国佬们不会轻易放过我的，一旦被他们抓住，啊呀！我也不敢再想下去了。反正一句话，后果非常非常严重，搞不好会要我的命。对了，先生，说到杰克·詹姆斯，波克先生，看得出来，你并不关心为你卖命的人。"

冯·波克差点要跳起来了，他怒斥阿尔达蒙："你这是什么意思？"

阿尔达蒙回答："你的手下为你卖命，他们被抓了，你并没有采取任何营救措施，杰克就是一个例子。"

"詹姆斯是自作自受。这你也清楚。他办事时老自以为是。"

"詹姆斯是个愚蠢的家伙，你说得没错。那么霍利斯呢？"

"他是一个疯子。"

"霍利斯并没有疯，他只是太冲动了，他一时之间控制不了自己的情绪，他的失手看来是在所难免的。但是最近的施泰纳呢？"

冯·波克陡然眉头紧锁，脸色大变。

"施泰纳怎么了？"

"你还装得挺像的，施泰纳被他们捉去了。英国警察昨天在他的住所里逮捕了他。人赃俱在，铁证如山，他被关进了甫兹茅斯监狱。你一走了之，他这倒霉鬼还有的罪受，能救条命就算万幸了。所以，你要一过海，我也要去。"

冯·波克虽然久经世故、老奸巨猾，但是一听到这个消息，他也着实大吃了一惊。

"他们怎么会识破施泰纳的呢?"他喃喃地说，"真糟透了。"

"啊哈，差点儿还有更糟的呢。我相信他们快查到我啦。"

"你当真?"

"这一点也不夸张。我的住所曾经受到了英国警察的骚扰。幸亏我机灵果断，一听到风声就逃了出来。但是，现在我必须问你的是，那些英国警察是怎么知道我们的事情的。自从我为你卖命以来，我所了解的情况是，一共有五个为你卖命的间谍特工被英国警察逮捕了，事情的发展趋势很明显，我是第六个为你卖命而将要被英国警察逮捕的人。看着手下人这么一个个没了，你不觉得丢脸吗?"

冯·波克涨红了脸。"你太放肆了!"

阿尔达蒙轻松地回答:"我没有你想得那么周到，我必须为我自己着想。一句话，我再也不会为你卖命了，你的用心我非常明白，当一个人的利用价值用完之后，你会毫不留情地把那个人甩掉，是不是这样，冯·波克先生?"

冯·波克霍地从椅子上站了起来，他指着阿尔达蒙的鼻子说:"你是在说我出卖自己的手下?!"

"你太冲动了，千万别往那一方面去想，我想我还是了解我的冯·波克先生的。我敢肯定你们内部一定有英国佬，他们极有可能是反间谍特工。好了，我不说那么多废话了，我必须马上离开英国。"

冯·波克强忍怒火。

"阿尔达蒙，不管你的将来会发生什么天翻地覆的变化，我敢在这里对着上帝发誓，我决不会干对不起你的事情。同样，我的手下被捕也不是我告的密，我相信你那一句话，我们内部一定有英国佬的特工，这种人最危险了。你的工作成绩一直都很出色，我会想办法让你安全离开英国的。好了，你的皮包让我来保管吧，一放进我的保险柜里就天不怕地不怕了。"

阿尔达蒙对波克伸来的双手视而不见。他根本就没有马上把他手中黑皮包交给波克的意思。

他冷冷地问波克："我的东西呢？"

波克一愣："什么你的东西？"

"力钱、酬金、那五百英镑。事到临头，管仓库的那个该死的准尉翻脸了，我只好又给他一百美元了事，不然你我可是吃不了兜着走啦。他说：'没门儿！'他是当真的，不过最后给了他一百美元，事儿就成了。这事儿从头到尾花了我二百镑，不给我票子不太像话吧。"

冯·波克尴尬地抿嘴一笑，说："看来你对我信誉的评价不怎么高嘛。"

"我现在不得不这样了，我的冯·波克先生，除了钞票，我不再相信任何一个人。"

"好，我就按你的意思去做。"他在桌旁坐下，拿出支票簿签支票，签好撕下一张，却并不交给那同伴。"我们走到了这一步，都不容易，我们双方都应该保持高度的警惕。我们都不再信任对方了。这太残酷了，支票在桌上，在你从桌上拿走它之前，我要验货，我不得不做出这样的动作。"

阿尔达蒙一言不发地把黑皮包交给了冯·波克。冯·波克的两眼立刻就发出了光芒，他像发现了贵重的财宝一样，打开了皮包，他从皮包里取出一本白色小书，他看到书的封面上赫然印着：《养蜂实用手册》，面对这个离题万里的怪标题，间谍头子瞠目结舌。他正要翻开封面去看书里内容的时候，他后脖子一下被死死抓住，一块浸满氯仿的海绵蒙上了那张扭曲的面孔。

"再来一杯，华生！"歇洛克·福尔摩斯先生说着端起那瓶托考伊酒。

那个身强体壮的司机这时已坐到了桌旁，他急忙把酒杯推过去。

"这酒不错，福尔摩斯。"

"华生，我很高兴能够在这种环境这种情况下和你一起喝酒，这是我们值得庆祝的时刻，即兴而饮，心情会更好更佳。我们没有理由不再喝一杯。"

保险柜的锁重新被福尔摩斯打开，福尔摩斯站在柜前，他很有耐心地一个抽屉一个抽屉把那些冯·波克珍藏的机密文件拿出来翻看。看完后，又井然有序地把那些文件塞进冯·波克放在桌上的提包里面。冯·波克还躺在地上呼呼大睡，五花大绑地捆着，他居然能够睡得如此沉稳。

福尔摩斯对华生说道："华生，你根本不用担心了，事情顺利得就像囊中取物，除了老女仆玛撒，再没有人能够构成对我们的威胁了。千万别误会我们的玛撒太太，她在这出戏里扮演的角色非常重要。她也是反间谍特工之一，你看，我们的英雄走来了。"

玛撒微笑着走了进来。她跟福尔摩斯、华生打了招呼，又忍不住地看了看躺在地上的冯·波克。福尔摩斯向她解释："玛撒太太，你别担心，他只是睡着了而已，他的身体很健康。"

"谢谢，福尔摩斯先生。他对我很好，当然，要是他知道了我的真实身份他可不会让我在这个世上多活一秒钟的。能帮助大名鼎鼎的神探我感到很高兴。"

"你过奖了，玛撒太太，事实上你的作用最大。你的信号发得也不算太晚。"

"很抱歉，公使馆一等秘书冯·赫林还想一睹你的风采呢，福尔摩斯先生。"

"我知道。他的轿车和我们的汽车在半路上会过面，他忽略了我们。"

"我一直担心他会赖在这里不走呢。要是他不走，事情就不好办了。"

"确实是这样的。我们大概等了半个钟头，终于看见了你屋里熄灯，我们收到了你的信号，马上就出发了。玛撒太太，我们明天在伦敦克拉瑞斯饭店见面。"

"可以，福尔摩斯先生。"

"你是不是想离开这里?"

"没错，先生。冯·波克今天发出了七封信。我一字不漏地把信封上的地址都记住了。"

"这一仗我们打得非常漂亮，简直是全胜，收获不小。感谢你为我们的祖国所做的贡献，明天见。"

福尔摩斯目送着玛撒太太走出书房。紧接着他又说道："我们把这些文件都收集起来吧。很多文件已经不重要了，因为这里面的情报当然早就送到德国政府那里了。这些都是原件，没法安全运出英国。"

"那么文件没用了。"

"我不敢肯定，因为世事难料。这些冯·波克用过的文件至少可以告诉我们的人哪些已经泄露，哪些还没有。我得说，这里有许多是经我手送来的，当然毫无可信之处。看着德国巡洋舰按我提供的布雷计划在索伦海航行，我的晚年生活可就丰富多彩了。不过你，华生，"他停下手中的事，扶住他老朋友的肩膀，"我还没有仔细看过你呢。这些年来你怎么样? 看样子还是那个乐天小伙子。"

"不，不，我的朋友，我觉得我一下子年轻了十岁。要知道，我一收到你要我开车到这里和你见面的电报时，我真是喜出望外啊。福尔摩斯，你仍然没怎么变，除了那可怕的山羊胡。"

"这不过是为祖国做出的一点牺牲而已，华生。"福尔摩斯说着扯了扯那撇小胡子，"到明天就只剩下可恶的记忆了。只需理理发，整整外表，明天我再出现在克拉瑞斯饭店时一定又会是从前的模样了，就是还没有接手这个美国人角色的时候。真抱歉，华生，我好像再也说不来正宗英语了。"

"可是你已经退休了，福尔摩斯。我们都得知你早在南部草原上开垦了一个小农场，你准备和蜜蜂以及书本做伴，过着隐士的生活。"

"华生，你的消息很正确。我闲居多年终于有了一点成绩，瞧!"

他从桌上拿起那本书，递给了华生，封面全名是：《养蜂实用手册兼论隔离蜂王的研究》。

"我独立完成的。为了做出这个成果，我可是夜以继日，废寝忘食啊。我研究那一群群忙碌的小生命，就像从前研究伦敦的犯罪圈一样。"

"可你怎么又回头工作了呢?"

"噢，我自己也常常觉得不可思议。如果只是外交大臣一个人我还好推托，可首相也屈尊降临寒舍……我不能推辞首相大人交给我报效祖国的任务。这位自称是间谍天才的德国佬——冯·波克对国人可真是关怀备至啊。他自己有一帮人，事情不断出岔子，可谁也弄不懂其中的原因。政府逮捕了一些德国间谍，但一直没有斩草除根。有证据表明我国存在着一支强大的秘密核心间谍特工，一定得把他们揪出来。我用了两年的时间终于把自己变成了一个一举一动都很有间谍专业水平的人，这个经历有点曲折有点复杂。但只有一条主线，我首先从芝加哥出发远游，随后又加入了一个爱尔兰秘密恐怖组织，我给斯基巴伦的警察制造了很多麻烦。最终引起了冯·波克手下一个间谍的注意，把我作为培养对象推荐上去。我这么一说，你就明白这事有多复杂了吧。从那时起我就深得他的信任。我利用这点让他大部分的计划都出了点偏差，他手下最棒的五个谍报员给送入了班房。我看牢他们，华生，时机一到就把他们给掐掉了。哎呀，先生，我想你还好吧!"

最后这句话是说给冯·波克自己听的。刚才的话他肯定是听到了，要不然他不会暴跳如雷地在地上打滚，他用德语在地上大声叫嚷，口吐飞沫，十分生动。

"德语虽说不够悦耳，表现力却是最强的。"福尔摩斯评论道。

这时冯·波克已经骂得筋疲力尽了，他的嘴巴不得不停下来休息。

"好啊！"他刚要把一张复制图放进箱子，突然注意到了图的一角，"还得逮只鸟儿。这军需官原来是个败类，我盯了他好久，却一点也没看出来。冯·波克先生，这大部分责任该由你负啊。"

冯·波克努力想使自己坐起来，但事与愿违，他的动作显得既笨拙又多余。

"我要你付出代价，阿尔达蒙，"他一字一句地说，"哪怕我花一辈子时间，也要你付出代价！"

"老调子啦，"福尔摩斯说，"过去我可听得多了。从前那位悲悲切切的莫里亚蒂教授最爱哼这调子。塞巴斯蒂安·莫兰上校也常把它挂在嘴边。可我照样活着，在南部高地养蜂。"

"去死吧，你这双料奸贼！"德国人嚷嚷着，拼命挣扎，眼中满是杀气。

"不，不，我还没那么坏呢，"福尔摩斯笑着说道，"我讲这事情的来龙去脉时就告诉你了，芝加哥的阿尔达蒙先生是子虚乌有的。我只借用了一下，他又消失不见了。"

"那，你是谁？"

"我是谁并不重要。不过既然你对这事有兴趣，冯·波克先生，我不妨告诉你，这不是我头次与你们家的人打交道。过去我在德国大干过一番，我的名字你可能耳熟。"

"我倒想领教。"普鲁士人冷酷地说。

"是我让艾琳·艾德勒和前波希米亚国王分手的，那时你的堂兄亨里奇还是帝国的特使。是我救出你的舅父格拉劳斯坦伯爵，要不他会被无政府主义者克洛普门杀死的。是我……"

冯·波克愕然坐起。"是你？你就是那个人？"他叫道。

"正是。"福尔摩斯说。

冯·波克仰天长叹，痛苦的神情溢于言表，他悲痛地说："那些情报大部分是你送来的，有什么用？我干了些什么呀？我可是彻底给毁了！"

"那当然有点靠不住，"福尔摩斯说，"需要做些修改，而你没什么时间去改了。你们的海军上将会发现，新式枪炮比他预计的要大多了，而巡洋舰又可能会快那么一点。"

冯·波克听完这些，忍不住又是仰天长叹。他的叹息声越来越长。福尔摩斯说："还会有很多的事情发生，你就等着瞧吧！不过，冯·波克先生，你身上有一点是德国人中少见的：你是个运动家，所以当你弄清楚你这位惯常以智取胜的聪明人最终被人智取了时，你是不会对我心怀恶意的。无论如何，你已经为你的国家尽心尽力了，我也为祖国尽了责，这不是再自然不过的吗？再说，"他把手放在这个囚犯的肩上，口气和善地说，"这总比败给某个无耻之徒要好得多吧。文件已经弄好了，华生。你帮我对付一下我们的俘虏好吗？我想我们这就动身去伦敦。"

要带走冯·波克可不容易，他身强力壮，又在垂死挣扎。最后这两个伙伴一人抓一只胳膊架着他慢慢走到花园走道上。就在几小时前他还在那儿得意扬扬地接受那位名外交家的祝贺呢。他抓住最后时机一搏，却仍没能挣脱手脚上的捆绳，被塞进了小车的空位上。那珍贵的旅行箱却塞在他身旁。

福尔摩斯把那个贵重的手提包放到了驾驶室，"我相信你够舒服的了，"一切安排就绪后，福尔摩斯说道，"要是我点支烟放到你嘴里，不会见怪吧？"

"歇洛克·福尔摩斯先生，我必须警告你，如果你们是在执行英国政府的命令，你们这样做是想挑起英国和德国之间的战争。"

"你们德国政府怎样解释你在英国所做的这些行为呢？"福尔摩斯

拍拍手提包。

"你这是个人行为，无权逮捕我。这一整个过程绝对是非法，不能容忍的。"

"绝对是的，"福尔摩斯说。

"绑架德国公民。"

"而且还偷窃私人文件。"

"呵，你很清楚你和你同伙的处境嘛。等会儿我们经过村子时我要是大声呼救……"

"亲爱的先生，你要是干那种傻事，我们也许就会多一块'普鲁士人上吊'的路标，我们乡村客栈两种特权由此扩大。英国人是很能忍耐的，可现在情绪有点激动，最好别去火上浇油了。不要这样，冯·波克先生，你还是乖乖跟我们去苏格兰场吧。到了那里你可以找人去叫你的朋友冯·赫林男爵，看看在这种情况下你是否还有希望填补他在使馆随员中为你留下的空缺。你呢，华生，我看你和我一道又在干老行当了，所以伦敦不会少了你的。和我一起在这平台上站会儿吧，也许这是我们最后一次安安静静谈话了。"

两个老朋友亲密地说了一会儿闲话，再一次回忆起从前的日子。这期间他们的俘虏徒劳挣扎，想弄断身上的束缚。他们走回车旁时，福尔摩斯转身指着月光照耀下的大海，若有所思地摇摇头，良久才开口说话："大海要起风浪了，华生。"

华生说："我看不会，福尔摩斯。还很暖和。"

福尔摩斯说："不，华生，我坚信大海要起风浪了。这股风浪会席卷英国，英国从来没有经历过这样的风浪。它会很迅猛、很残酷。这是一场灾难，上帝也阻止不了。大风大浪之后，天空会更加晴朗，英国也会晴朗起来。华生，出发吧，我们的车该上路了。我手头上还有一张五百英镑的支票要尽早兑现，因为签票人要是能止付的话，他一定会止付的。"